**Rêverie
(Sauter le pas, tome 1)**

Olivia Sauveterre

Rêverie

(Sauter le pas, tome 1)

Un roman *feel good* inspirant

© 2024 Olivia Sauveterre (Visionary Words)

Édition : BoD – Books on Demand, info@bod.fr
Impression : BoD – Books on Demand, In de Tarpen 42,
Norderstedt (Allemagne)

Impression à la demande

Couverture : Julia Périnel - Fox Graphisme
Correction : Yarig Armor – French Book Translation

ISBN : 978-2-3225-0752-8
Dépôt légal : juillet 2024

SAUTER LE PAS

Une série de 6 romans *feel good* pour jeunes adultes

À paraître en 2024-2025

Tome 1 : *Rêverie*
Tome 2 : *Labyrinthe*
Tome 3 : *Kintsugi*

PROLOGUE

Granfleur, Normandie, deux ans plus tôt

La lande défile sous les sabots de sa jument, mais dame Cendre ne craint rien. Elle sait que derrière elle chevauche son champion, le fier Scot qui l'a secourue des griffes de...

Les bras qui l'étreignent, lui mordant la taille, la tirent brusquement de sa rêverie. Elle réagit avec plus d'emportement qu'elle l'aurait voulu.

Les doigts du garçon se resserrent douloureusement sur sa main et la chaleur devient étouffante.

— Viens, on va passer par là.

Il l'entraîne à grands pas vers une ruelle transversale.

— Euh... mon arrêt de tram est de l'autre côté.

— C'est quoi ton problème, exactement ?

Quand il lui attrape violemment le poignet, la peur explose dans le plexus de Cendre.

— De quoi tu parles ?

— Ton problème ! Tu es toujours froide et tu fais comme si je n'existais pas.

Les yeux effarés, elle tente de récupérer sa main.

— Pourquoi tu dis ça ?

— Tu vas faire celle qui ne pige pas ? Pourtant, avec tout le temps que tu passes le nez dans tes bouquins, à faire ton intello, je pensais que tu comprenais le français...

L'imagination hyperactive de la jeune fille turbine et décuple le conflit. Dans un brusque élan d'autoprotection, elle parvient à retirer sa main.
— Je ne vois pas de quoi tu parles. On pourrait rentrer ? Je...
— Oui, *tu* vas rentrer. Et qu'est-ce que tu vas faire, hein ? Tu vas encore lire tes romances à la con et écrire toutes tes bêtises ?
— Je ne comprends pas.
— T'es vraiment coincée, assène-t-il avec un claquement de langue méprisant. Je casse.
Il la lâche, tourne les talons et s'éloigne d'elle si vivement qu'une seconde après, il a déjà disparu.
— Mademoiselle, ça va ?
Sur le trottoir d'en face, un homme d'une vingtaine d'années l'observe avec sollicitude.
Elle invoque toute sa fierté pour lui répondre sans frémir.
— Oui.
— Il t'a fait mal ?
— Non, je vous remercie.
— Je peux peut-être te ramener ? Tu es charmante, tu sais ?
— Je ne préfère pas.
Ayant hâte de retrouver l'anonymat parmi la foule de la grande rue, elle s'enfuit vers son arrêt de tram. Une dizaine de personnes en tenue estivale s'y trouvent déjà.
Cette scène ordinaire apaise le tempo sauvage de son cœur.
Aucun guerrier en armure.
Aucune bataille susceptible d'inscrire dans la légende des landes battues par le vent.
Rien qui pourrait piquer sa fibre romantique.
Pour une fois, elle s'en réjouit.

***

Le petit vestibule est agréablement frais. Quand Cendre se redresse pour ranger ses bottines dans le meuble à chaussures, elle entend la voix étouffée de ses parents. Elle les rejoint dans la cuisine en se massant machinalement le poignet.

— Tu t'es fait mal ? demande son père.
— Non, ce n'est rien.

Le spectacle qu'offre sa mère lui fait oublier Quentin. Ses anglaises rousses aplaties par la chaleur, celle-ci se tient la tête entre les mains.

— Maman, ça va ?

Indra Hubert lève les yeux vers sa fille et hoche le menton d'un air blasé. Son mari est plus virulent.

— Choupinette, je sais que tu aimerais trouver un appartement tranquille où tout est normal en rentrant à la maison...
— Jacques !
— ... mais Mamie Léontine a été arrêtée. Mlle Berthe nous a appelés ce matin pour nous prévenir.
— Q-Quoi ?
— Assieds-toi et sers-toi de l'orangeade, propose sa mère en lui désignant le placard à verres.
— Mamie a été coffrée ?

Jacques Hubert se mord la langue et ferme lentement les paupières.

— C'est à propos de ses services de radiesthésie ? Quelqu'un a porté plainte pour arnaque ?
— Non ! Elle a montré ses fesses au sergent Pilon, se lamente Mme Hubert qui laisse tomber sa tête sur la table.

Trouvant la situation particulièrement cocasse, Cendre a toutes les difficultés du monde à se retenir de s'esclaffer alors qu'elle prend un siège.

M. Hubert pose une main rassurante sur le dos de son épouse.

— Chérie, tu la connais, elle a toujours été un peu originale.

Cendre a des milliers de questions.

— Mais... qu'est-ce qui lui a pris ?

— Elle n'a pas respecté le rationnement de l'eau en période de canicule, explique son père. Deux agents sont passés ce matin pour s'entretenir avec elle. Ils sont arrivés quand elle faisait son yoga dans son jardin. Elle s'est mise en position... Indra, comment dit-on, déjà ?

— Chien inversé. La tête en bas, les fesses en l'air.

— Enfin... Pilon l'a pris personnellement. Tu sais comment il est.

Les yeux de M. Hubert se fixent sur le visage de sa fille.

— Tout va bien ? Tu es pâlichonne.

— C'est juste la chaleur, rougit-elle en se retenant de se masser le poignet.

— Je ne sais pas qui je plains le plus : ta grand-mère qui vient de se choper un casier ou les gendarmes chargés de prendre sa déposition. Elle va leur crever les tympans. Enfin... on va l'aider à régler l'amende.

Avec un sourire, M. Hubert avance la main pour arranger la frange de sa fille.

— Mamie Claudile ne pourra pas garder Erwan vendredi soir. Compétition de bridge. Il dormira ici et ta sœur repassera le chercher le lendemain. Ça ne dérangera pas tes révisions du bac ?

— Non. Sophie m'a invitée à déjeuner chez elle samedi. J'ai le droit ?

— Bien entendu.
Comprenant que ses parents ont besoin de discuter en privé, Cendre se redresse et s'éclipse.
Elle chipe quelques biscuits au gingembre, récupère sa besace et file dans sa chambre. Y découvrant une étuve, elle entrebâille la fenêtre.
Elle se sent toujours oppressée par cette dispute dont Quentin l'a accusée d'être responsable.
Et s'il avait raison ?
Pourquoi trouve-t-elle les romances Fantasifemme tellement plus passionnantes que la réalité ?
Vaguement mélancolique à l'idée de devoir faire le deuil de sa première histoire, elle sort son portable de son sac pour envoyer un texto.

Cendre : Soph', il m'a larguée...
Sophie : Bon débarras. Oublie-le.
Cendre : Tu l'avais vu venir ?
Sophie : Tu sais ce que je t'avais dit, *Ash* ? Tu es trop cérébrale pour apprécier les romances adolescentes.
Cendre : Merci de me condamner à la solitude pour une bonne décennie.
Sophie : Je t'en prie :) Ça va quand même ?
Cendre : C'est la cata. Léontine a été arrêtée. Je te raconte demain.
Sophie : Oh. Ok. *See you tomorrow.*

Batterie à quinze pour cent !
Elle a déjà plongé sous son bureau à la recherche de son chargeur quand son père passe la tête par l'entrebâillement de la porte.
— J'ai acheté le chocolat en poudre que tu aimes bien. Tu en veux une tasse ? Cendre ?

Elle se cogne en se redressant.
— Par cette chaleur ? dit-elle en se massant le crâne.
— On a des glaçons…
— Allez…
Oubliant sa batterie mourante, elle le rejoint à la cuisine.

***

Sa montre affiche dix minutes d'avance. Malgré sa panne d'oreiller, elle n'est pas en retard. Pour une fois. Elle sent son ventre se tordre en songeant qu'elle aura des cours en commun avec Quentin quand une main énergique l'entraîne vers le mini-terrain de sport.
Sous la couronne de son afro, le fard à paillettes argentées de Sophie lui donne une apparence lunaire.
— Tu n'as pas reçu mes messages ?
Les yeux effarés de Cendre sont éloquents.
— Je n'ai pas arrêté de t'envoyer des textos ce matin. Tu es sur silencieux ?
— Non, je… Oh…
Elle se souvient de son portable qu'elle a laissé sur son bureau, à moitié camouflé par son journal intime.
— Si c'est à propos de notre projet de blog, on peut en reparler dans la journée. Hier soir, j'avais besoin de me vider la tête. Je me suis endormie en lisant et j'ai oublié de brancher le chargeur.
— Tu ne t'es pas connectée du tout ?
Cendre remarque alors qu'un trio de filles la dévisage d'un air tiraillé entre la dérision et la pitié.
Un éclair blond les rejoint aussi rapidement que le lui permettent ses baskets à semelle compensée.
— Oh mon Dieu, Cendre, c'est vraiment un connard !
— Émilie, souffle Sophie.

— T'en fais pas, ça sera vite oublié. Tu verras.
— ÉMILIE !
— Hashtag *sisterhood*.
Les bras chargés de manuels, l'ado croise maladroitement les doigts.
— Elle n'était pas au courant, assène Sophie.
Émilie plaque une main sur sa bouche.
— Je suis désolée. Tu lui racontes ?
— Me raconter quoi ?
— Écoute, *Ash*, c'est Quentin. Hier soir, il a posté des trucs sur toi sur son mur et il a tagué plein de gens pour diffuser le message.
Abrutie par le soleil déjà chaud, Cendre voudrait que le sol s'ouvre sous ses pieds.
— Il a écrit quoi ?
Machinalement, elle plaque une paume affligée sur sa joue et se dit qu'elle est entrée dans la quatrième dimension quand ses deux copines se changent en statues de sel.
Les yeux horrifiés d'Émilie pourraient lui sortir des orbites.
— *Ash*, ce sont des bleus que tu as autour du poignet ?
Au ralenti, Cendre avise les petites marques foncées sur son avant-bras.
— Il a simplement essayé de me retenir pendant qu'on se disputait…
— *On* se disputait ? tente de clarifier Sophie.
— C'est lui… Il m'a lancé que j'étais coincée, avec mes romances à la con.
— C'est raccord avec ce qu'il a posté en ligne.
— Et il t'a agrippé si fermement le poignet que tu as des bleus ? poursuit Émilie qui refuse de lâcher l'affaire.

Cendre ne sait pas quoi répondre. Elle ne veut pas passer pour une victime, mais son cœur martèle le même tempo paniqué que la veille, dans la ruelle.

Elle sent les larmes pointer.

— *Ash*, tu fais la pluie avec les yeux, lui dit doucement Sophie. Émilie, va en cours. J'emmène Cendre chez la CPE.

— P-Peyrac ? On ne va pas aller l'embêter pour une broutille comme ça...

La sonnerie étouffe ses protestations.

— Les filles ! les interpelle une pionne depuis le préau. Les cours vont commencer.

Sophie entraîne son amie à sa suite alors qu'Émilie file à toutes jambes vers l'autre bâtiment.

— Vous savez si Mme Peyrac se trouve dans son bureau ?

— Vous ne voulez pas plutôt prendre rendez-vous ?

— Non. On a un problème à régler tout de suite.

Le visage maculé de larmes de Cendre doit être éloquent, car la surveillante ne les retient pas. Soucieuse, elle les escorte même jusqu'à l'administration.

— Soph', je ne pense pas que ce soit une bonne idée.

— Trop tard, *Ash*. C'est *inadmissible*. Madame Peyrac !

Chapitre 1

Vendredi 25 août, de nos jours, antenne française de Dreamcasting à Granfleur

« Attention, prochain arrêt *Bovary*, prochain arrêt *Bovary*. »

Immergée dans un Fantasifemme, Cendre avait complètement zappé le reste du monde. Elle se faufile in extremis entre les portières du tramway avant de fourrer le livre dans son sac. Sur la couverture, Carlo, le mannequin italien mythique, déchire sa chemise en lin blanc sur le pont d'un vaisseau corsaire.

Après deux jours d'orages façon *Crépuscule des dieux*, le soleil timide n'a pas encore eu le temps de sécher les flaques d'eau qui assombrissent les boulevards. Devant les locaux de Dreamcasting, le trottoir est impeccable après avoir été nettoyé au karcher.

Elle s'engouffre dans l'immense vestibule, salue le réceptionniste débordé et court vers l'escalier qu'elle gravit avec des jambes lourdes. C'est son dernier vendredi avant deux semaines de vacances dont elle a bien besoin.

Jean-Marc, le graphiste du webzine, vient la rejoindre dès qu'elle pénètre dans l'*open space*. Il a l'air si sérieux qu'elle remonte nerveusement ses lunettes sur son nez.

— Cendre, Jérémy est passé te remettre des documents en main propre. Il s'est fait choper par Pointy qui a demandé haut et fort pourquoi tu n'étais pas encore là.

— Oh non ! Ce sont sûrement les papiers dont j'ai besoin pour ma banque. J'ai rendez-vous en fin de journ...

— Mademoiselle Bébert !

Trapue, le menton large, un carré blond cendré surmontant des lunettes fantaisie, Pauline Richard, cheffe comptable, effectue une attaque-surprise.

— Je vois que M{}^{lle} Bébert nous a fait l'honneur de se présenter enfin au travail... mais qu'elle n'a pas encore appris à se vêtir de façon professionnelle.

Elle lance une œillade appuyée aux bottines de Cendre, puis remonte le long de son pantalon brun en velours côtelé et de son chemisier violet aux aplats de dentelle.

— Je trouve sa tenue très correcte, s'interpose Jean-Marc.

Foudroyé par des yeux incendiaires, il capitule, plie le camp et va se rasseoir à son bureau en évitant le regard de Cendre d'un air honteux.

Puisant sa force dans les vacances qui se profilent, celle-ci se redresse de toute sa taille et désigne du menton l'enveloppe que Pauline tient à la main.

— V-vous avez q-quelque chose qui m'est destiné ?

— Notre petit Jérémy a déjà fait le déplacement pour rien tout à l'heure. Voici les documents que vous aviez réclamés pour votre banque.

Sans ménagement, elle les lui fourre entre les mains et prend racine.

— C'est pour ouvrir un compte épargne logement ?

— En... hum... en effet, madame Richard. J'aimerais devenir propriétaire rapidement.

— Mouais.

Le silence est si pesant que Cendre a l'impression de s'enfoncer dans la moquette.

— Vous prendrez quand même garde à arriver à l'heure plus souvent, poursuit Pauline sans la quitter des yeux. Avoir réussi à vous faire embaucher en CDI après votre BTS ne vous met pas à l'abri d'un renvoi.

— Elle y songera, merci, tranche Pointy qui surgit du coin photocopie.

Suzanne Leclerc, leur rédactrice en chef, tire son surnom de son caractère ultra-pointilleux qui la rend difficile à vivre au quotidien. Cendre hésite donc entre la remercier ou craindre pour sa vie.

— C'est à moi de discipliner mes subordonnés et dernièrement, j'ai constaté chez Mlle Hubert de gros efforts. En dépit de quelques étourderies, c'est un élément positif.

Campée sur ses escarpins, Pointy ne bouge pas. Une Pauline vaincue quitte très lentement la pièce afin de leur faire profiter de sa présence oppressante le plus longtemps possible.

— Ceci dit, mademoiselle Hubert, il va peut-être falloir passer la seconde. Si vous n'avez pas fini votre travail en cours avant de partir en congé, vous reviendrez demain matin !

Son sourire amusé dément sa voix cassante, mais la jeune femme préfère ne pas prendre de risques. Elle se précipite vers son bureau pour mettre son ordinateur en route, puis sort de sa besace son portable qu'elle dissimule sous un dossier en carton.

Une fois l'écran allumé, elle se connecte à l'intranet en quelques mouvements de souris.

Sa *to-do list* est largement gérable.

À son entrée dans la vie active, elle avait craint d'être incapable de livrer ses projets à temps, entravée par ses nombreux accès de rêverie centrée autour de personnages Fantasifemme à la musculature surdéveloppée.

Elle ne sait pas ce qui l'effrayait davantage : se faire virer comme une malpropre pour retards intempestifs ou bien recevoir une convocation des RH pour un dialogue « en toute amitié » avec la psychologue du travail.

Jusqu'ici, elle a réussi à donner le change.

L'icône de la messagerie interne clignote, attirant son attention. Elle ouvre l'onglet.

Jérémy : Alerte méduse dans ta direction !
Cendre : Méduse malheureusement arrivée à bon port, mais chassée par harpon pointu. Merci pour les documents.
Jérémy : De rien. On déjeune ensemble ?
Cendre : D'accord. Emploi du temps réduit aujourd'hui.
Jérémy : Méduse revenue de mon côté. Je me dissimule sous un rocher. À +

Souriante, Cendre ouvre son logiciel de traitement de texte et s'attaque à la relecture d'un article. Elle vient d'afficher les marques de mise en forme quand elle reçoit une autre notification.

Jérémy : Ma pause-déjeuner est tombée à l'eau...

La méduse a encore frappé !

***

— ... je vous encourage donc à aller le découvrir, en autoédition, directement sur le site de l'auteure dont je vous mets le lien en description. Quant à moi, je vous dis à bientôt. On se revoit ce week-end, en live avec Sophie depuis Veules-les-Haies si les dieux du Wi-Fi sont avec nous. Ciao, ciao.

Après avoir gardé la pose pendant quelques secondes, Cendre tend la main et éteint la caméra de son téléphone avant d'appuyer sur le bouton *off* de son anneau lumineux.

Avisant la vaisselle sale, elle pousse un long soupir et étire les bras au-dessus de sa tête avant de faire l'état des lieux.
Ses livres à lire sont répartis entre un bac à roulettes et le bas des étagères de droite. Au milieu de la pièce se trouve un éventail de bouquins presque finis. Les ouvrages abandonnés débordent d'un petit carton brun. Dans la bibliothèque du couloir s'accumulent les romans envoyés par ses partenaires, mais qu'elle n'a toujours pas déballés. Ceux qu'elle a terminés, mais pas encore chroniqués, sont alignés sur la table du salon.
Elle hésite à les fourrer dans ses bagages quand elle reçoit un SMS.

Sophie : Demain, 9 h tapantes. Tu es prête ?
Cendre : Quasiment.
Sophie : Ça veut dire non...
Cendre : Je me demandais juste quels livres emporter.
Sophie : Il y a Carlo sur la couverture ? Alors, fais péter.
Cendre : LOL.
Sophie : À demain !

Il va peut-être falloir passer la seconde. Le souvenir de la voix de Pointy chasse manu militari l'image de Carlo en chemise de corsaire blanche.

Chapitre 2

Samedi 26 août, commune de Veules-les-Haies

Cendre interrompt l'appel d'un geste irrité.
— Je ne comprends pas pourquoi elle ne répond même pas à sa ligne fixe ! Elle avait dit qu'elle nous attendrait à la Brebis joliette.
Sophie ne détourne pas les yeux du pare-brise.
— Elle est certainement partie faire des courses de dernière minute. Elle n'avait peut-être plus de sucre pour nous bourrer de gâteaux faits maison.
— C'est possible, mais pour une fois que j'étais à l'heure...
— Oui, c'est phénoménal.
Elles échangent un bref regard amusé interrompu par un coup de frein.
Devant elles, un tracteur et sa charrette roulent sur la ligne blanche.
— *Ash*, c'est quoi le mot quand les fermiers répandent du fumier sur les champs ?
— Euh... l'épandage ?
— C'est la saison ?
— Je ne pense pas, pourquoi ?
Pour toute réponse, un fumet particulièrement nauséabond s'infiltre par les vitres entrouvertes de leur voiture de location, imprégnant l'habitacle d'une puanteur qui leur pique les yeux.
— Remonte les vitres, s'écrie Sophie. Je mets la clim' à fond pour tenter d'évacuer.
Contraint d'avancer à vitesse d'escargot, le véhicule se transforme en réfrigérateur roulant qui empeste.

Le temps se fait très long alors que les deux jeunes femmes contiennent des haut-le-cœur.
Les mains crispées sur le volant, Sophie crie subitement victoire. Faisant office de clignotant, un bras poilu émerge de l'intérieur du tracteur. L'équipage négocie un virage et s'engage sur un chemin boueux.
Les deux jeunes femmes attendent d'avoir parcouru plusieurs centaines de mètres pour descendre les vitres. Laissant l'air pur lui cingler le visage, Cendre tousse afin d'évacuer de ses poumons les derniers relents de fumier.
— J'espère que ça ne va pas imprégner les sièges, s'inquiète Sophie après un instant d'hilarité. Il faudra vérifier ce soir.
— Tu crois qu'ils vont nous engueuler, à l'agence de location ?
— On verra bien... Ce n'est pas comme si on avait cassé le véhicule. Regarde, on aperçoit les premières maisons du village. On va bientôt savoir pourquoi ta mamie ne répond pas au téléphone.
— Elle est sûrement à la supérette.

***

— À LA GENDARMERIE ?
Sophie se fourre les doigts dans les oreilles sous le regard hilare de Mlle Berthe.
— Toi, tu es bien la petite-fille de Léontine !
— Répétez-moi un peu toute l'histoire, s'il vous plaît. On vient de rester en apnée pendant plusieurs minutes derrière une charrette de fumier et j'ai le cerveau mal irrigué.
— Le sergent Pilon s'est présenté ce matin avec l'agent Moulin. Ils ont demandé à voir la grange. Quand ils en sont

ressortis, ils ont empoigné Léontine par les coudes pour l'emmener au poste.

— Vous voulez qu'on jette un œil ? propose Sophie.

Mlle Berthe ne se le fait pas dire deux fois. Elle cale son râteau contre la clôture et retire ses gants de travail. Alors que des aboiements se déchaînent dans sa maisonnette, elle traverse la rue goudronnée et pénètre sans gêne dans le jardin de sa voisine.

— Eh bien, vous venez ? Bruno n'aime pas que je m'absente. Je préférerais qu'on fasse vite.

Prudemment, les trois femmes entrent dans la grange.

Le soleil qui filtre par les fenêtres carrées éclaire un espace banal. Du matériel d'horticulture. Quelques caisses hermétiques en plastique. Un empilement de vieux meubles. Des étagères en métal couvertes d'outillage et de pots cannelés.

Et au milieu du sol en béton, sur une bâche étanche, un pistolet à peinture rouge flanque quelques chaises.

Mlle Berthe étouffe une exclamation.

— Tout s'explique…

— Que se passe-t-il ? dit Cendre.

— Je crois qu'il vaut mieux que tu demandes directement à ta mamie. Je mets Bruno en laisse et je vous accompagne à la gendarmerie.

Légèrement larguées, les deux jeunes femmes restent seules à la porte de la grange, quand une des chaises attire l'attention de Sophie.

— Attends un peu ! C'est gravé « Propriété de la municipalité de Veules-les-Haies ». Léontine a chipé du mobilier urbain ?

Envisageant cette possibilité avec une horreur croissante, Cendre ferme les paupières jusqu'à ce que Mlle Berthe ressorte de chez elle.

Au bout d'une laisse en cuir, un petit bouledogue noir et blanc fripé affiche une moue renfrognée. Après avoir dévisagé Sophie et Cendre d'un air blasé, il crache un filet de bave et émet une flatulence mélodieuse qui paraît le convaincre de se mettre en mouvement.

Quelques minutes plus tard, dans le local qui sent l'encre et le café rance, Mlle Berthe est en pleine discussion avec l'agent Moulin.

— Sa petite-fille et son amie sont venues la chercher.

Le gendarme se tourne vers les deux jeunes femmes qui s'attardent sur le seuil.

— Je vous reconnais ! Elvire, mon ado de treize ans, adore votre Instagram. Elle est tout le temps *ônnelaïne* sur des comptes de livres.

Cendre le remercie d'une voix fluette tandis que Sophie prend le contrôle de la situation.

— On devait retrouver Léontine, mais on vient d'apprendre qu'elle est dans vos locaux.

Elle se garde bien de mentionner le spectacle qu'elles ont découvert dans la grange.

— Affirmatif. Mme Duval a été interpellée à son domicile dans le courant de la matinée, soupçonnée de vol et de recel de mobilier urbain.

— J'allais les remettre, réplique une voix forte à travers la vitre du bureau du fond.

— Soupçonnée de *dégradation* de mobilier urbain.

— Quelle dégradation ? J'essayais juste de les égayer un peu !

La porte du bureau s'ouvre violemment, révélant le visage frustré du sergent Pilon. Il regarde son collègue en braquant les index vers ses tympans pour indiquer des dommages permanents.

Apercevant les deux jeunes femmes, il s'approche d'elle en leur adressant un sourire mauvais.

— Vous avez bien fait de venir. Nous allons organiser une confrontation.

— Une c-confrontation ? balbutie Cendre.

— Nous avons constaté la présence de mobilier urbain dans la grange de l'interpellée, mais nous ne savons toujours pas comment elle l'y a transporté, puisqu'elle ne possède pas de véhicule.

— Et ? s'enquiert Mlle Berthe qui n'a pas perdu une milliseconde de la conversation.

— Sa famille parviendra peut-être à le lui faire avouer.

Trop interloquée pour articuler quoi que ce soit, Cendre laisse Sophie répondre à sa place.

— Certainement pas ! Nous sommes venues de Granfleur pour passer quelques jours de vacances. Nous ne savons rien de cette histoire.

— En plus, je ne vais pas cafter ma grand-mère parce qu'elle chipe du mobilier urbain pour le repeindre dans sa grange avec des couleurs plus jolies !

— Nous avons donc confirmation que sa famille couvre ses activités illicites, se ravit le sergent Pilon avec un sourire doucereux.

Devant l'air paniqué de Cendre, Mlle Berthe plaque une main sur son cœur d'un geste dramatique.

— Sergent, les filles et moi venons tout juste de découvrir le pot aux roses. J'habite en vis-à-vis et je n'ai jamais rien remarqué.

Sa réputation de commère la rend peu crédible, mais comme pour ponctuer les propos de sa maîtresse, Bruno crache un autre filet de bave et émet une longue note en fa qui le projette en avant.

— Si votre clébard pouvait éviter d'inonder mon parquet, ça m'arrangerait.

C'est le moment que choisit Léontine pour sortir du bureau. Ses cheveux courts orange encadrent un visage furibond qui se radoucit instantanément.

— Mes chéries ! Merci d'être venues me chercher ! Le sergent Pilon allait justement me laisser partir avec une simple contravention.

— Ah bon ? s'étonne Moulin. Vous n'avez pas dit qu'on allait la passer au grill pour lui faire cracher le nom de son complice ?

C'est la goutte de trop pour Pilon qui décide de ficher tout le monde dehors.

— Madame Duval, revenez lundi pour régler votre amende. Les documents seront prêts. En attendant, vous restituerez les objets du délit.

Cendre devine qu'il prépare un mauvais coup.

— On ira tout replacer au bon endroit avec notre véhicule de location, réplique Sophie qui a dû penser la même chose.

Pilon les dévisage successivement tandis que Léontine, les poings sur les hanches, pointe triomphalement le menton.

— Messieurs, désolée de vous avoir fait lever pour rien un samedi matin. Maintenant, si vous le permettez, je dois aller préparer à déjeuner pour mes deux petites chéries.

Elle leur sourit puis fait signe à Mlle Berthe de se joindre à elles. Lentement, la troupe regagne la sortie.

— La prochaine fois, je ne serai pas aussi indulgent.

L'animosité crue de Pilon provoque chez Bruno un déferlement paniqué de notes vrombissantes culminant sur une quinte de toux baveuse.

Cette pétarade mélodieuse est suivie d'un silence contemplatif.

— Ce n'est pas le tube de The Weeknd ? s'exclame Sophie en pointant l'index vers l'animal. Celui qui passe tout le temps à la radio ?

— DEHORS ! hurle Pilon.

Elles ne vont pas se le faire dire deux fois.

***

La pluie qui a interrompu leur déjeuner dans le jardin martèle encore les carreaux.

Calée dans un fauteuil baignant dans la chaleur *cosy* du poêle, Cendre a le nez dans une romance.

— Viens jouer aux cartes avec nous, lui dit Léontine. Sophie me met la pâtée. Tu préfères passer le reste de l'après-midi avec un homme dévêtu plutôt qu'avec ta mamie ?

Cendre abaisse son livre et lui jette un regard faussement indigné.

— D'ailleurs, maintenant que tu as le boulot et bientôt l'appart, il faudrait peut-être que tu songes à nous ramener un garçon qui n'existe pas que sur papier.

Cette phrase anodine heurte Cendre de plein fouet. Elle ne pense pas que Léontine soit au courant pour Quentin et elle refuse de lui révéler que deux ans après, son cœur est encore trop endurci par les cicatrices pour s'autoriser à ressentir quoi que ce soit.

Sophie vient à sa rescousse.

— Tu sais, Mamie, entre le travail et notre blog, Cendre est très occupée, mais je suis sûre qu'elle finira par rencontrer quelqu'un qui a les mêmes centres d'intérêt qu'elle et qui voudra d'une histoire sérieuse.

La jeune femme rougit sous le regard scrutateur de son aïeule qui a perdu sa gaieté habituelle. L'espace d'un instant, la tristesse de son veuvage lui creuse les traits, rapidement remplacée par un sourire ravi quand son portable vibre sur le comptoir du coin cuisine. Léontine repose ses cartes et décroche à la hâte.
— Allô ? Non, je ne suis pas seule. Sophie, désolée pour cette manche, mais je dois prendre l'appel.

Elle s'éclipse à l'étage, faisant grincer l'escalier. Sophie vient s'asseoir sur le canapé.
— Tu penses que c'est son complice ?
— Certainement. Tu sais qui c'est ?
— Aucune idée. Elle s'est peut-être trouvé un chéri.

Devant l'air embarrassé de Sophie qui ne veut pas faire offense à la mémoire de Papi Théophile, Cendre ressent une mélancolie soudaine.
— Si c'est le cas, je lui souhaite tout le bonheur du monde, mais…
— … ne viens pas ce soir ! Mes petites-filles sont là !

Au-dessus d'elles, les pas de Mamie Léontine font grincer les lattes du parquet.

Sophie réprime un sourire, visiblement flattée que la vieille dame la considère comme l'une des siennes. Cendre s'en réjouit pour elle, mais termine sa phrase d'une voix critique :
— … ce serait quand même une drôle de fréquentation, vu qu'elle s'est retrouvée au poste.
— Repeindre du mobilier urbain brun caca en rouge acajou, ce n'est pas une très grosse infraction. Si quelqu'un devait recevoir une amende, ce serait plutôt Bruno avec son intestin nucléaire.

— C'est parce qu'il était nerveux. Ce sergent a vraiment eu maille à partir avec Mamie ! J'espère qu'il ne va pas l'avoir dans le collimateur.

— ... mardi, quinze heures, cours de yoga !

Les deux jeunes femmes relèvent la tête à l'unisson.

— Si tu as des affaires de sport, dit Sophie, tu sais ce qu'il te reste à faire.

Chapitre 3

Dimanche 27 août, la Brebis joliette

— Cendre, ne sois pas bête. Si tu veux progresser professionnellement, tu dois te créer un profil LinkedIn afin de te positionner comme figure de référence dans ta branche.

Son ordinateur portable dernier cri ouvert devant elle, sa grande sœur Mathilde ponctue ses propos de gestes secs.

Désespérée, Cendre cherche le soutien de Sophie qu'elle découvre engoncée dans un fauteuil. Celle-ci profite de son dimanche après-midi, vu qu'elle repart le lendemain. Le nez braqué sur sa liseuse, les écouteurs dans les oreilles, elle n'est plus disponible pour personne.

— Cendre, tu m'entends ?
— Oui, bien sûr. Je comprends bien.

Déjà débordée par le succès inattendu de Nozinabook, leur blog littéraire, elle n'a aucune envie de *songer* à s'activer sur un autre réseau qu'Instagram, encore moins la foire de recrutement virtuelle qu'est LinkedIn.

Que mettra-t-elle dans les cases ? Un misérable BTS suivi d'un CDI d'à peine deux mois ? Une passion pour les livres illustrés par des torses nus surmontant des pantalons en daim moulants ?

Mathilde est revenue à la page d'accueil et a cliqué sur « Créer un compte ».

— Tu veux t'inscrire avec ton mail pro ou perso ?
— Mon adresse Gmail, se résigne Cendre en zieutant avec envie le roman oublié au bout du comptoir.

À quelques centimètres de la couverture colorée, Mamie Léontine surveille le travail d'Erwan qui fait aller et venir un rouleau à pâtisserie sur de la pâte à sablés.

— Essaye de la faire bien rectangulaire et plate partout pareil, mon chaton.

Le fils de Mathilde semble entièrement concentré sur l'épaisseur millimétrée de la pâte à biscuits. Submergée par l'émotion, Léontine se détourne afin de commencer à rincer les ustensiles dans l'évier.

Cendre sent un souvenir doux-amer remonter à la surface, auréolé d'odeurs de gingembre confit et de beurre fondu.

Pendant les deux mois qui avaient suivi la mort de Papi Théophile, une chape de plomb était descendue sur la Brebis joliette. Les gestes s'étaient ralentis, les sons étouffés, les visages tendus. Puis un jour, Indra, assise au chevet de sa mère, avait ouvert au hasard un recueil de poèmes éclairé par un rai de soleil. Elle avait lu quelques lignes d'une voix claire.

« Nous ne nous verrons plus sur terre
Odeur du temps brin de bruyère
Et souviens-toi que je t'attends. »

C'était « L'Adieu » de Guillaume Apollinaire.

Léontine leur avait ordonné de redescendre. Quelques minutes plus tard, elle entrait dans le salon, apprêtée de vêtements colorés. Après avoir placé sur sa platine un vinyle de Léo Ferré chantant Apollinaire, elle avait souri à Cendre et lui avait demandé si elle avait envie de préparer des sablés.

Ce sourire, elle l'adresse à présent à Erwan alors qu'elle vérifie son travail à grand renfort de compliments.

— Arrête de rêvasser, s'il te plaît, sans quoi tu n'arriveras jamais à rien dans la vie.

Voyant Sophie se crisper, Cendre comprend qu'elle n'écoutait pas vraiment de la musique et voulait juste être tranquille.

— Mathilde, sois un peu plus sympa avec ta sœur, s'interpose Léontine d'une voix douce, mais ferme. Elle a besoin de se reposer après avoir travaillé tout l'été. Elle n'a pas eu de vacances depuis Pâques. Elle m'a manqué, d'ailleurs.

Insensible à cette gentillesse, Mathilde ne se laisse pas désarçonner.

— Hum… Le nom de ton organisme de formation ?

Cendre soupire et se retient de lever les yeux au ciel. Malheureusement, sa sœur a perçu le mouvement.

— Pas besoin de tirer la tronche. Je veux juste t'aider à progresser. Tu ne vas pas passer ta vie à effectuer des petites corrections et de simples recherches éditoriales !

— Mathilde ! décoche Léontine.

Avec toute cette tension, Cendre a la désagréable impression que Pauline va débarquer d'un moment à l'autre. Entre son aînée et le sergent Pilon, elle peut dire adieu à son week-end de détente.

***

Une main lui fourre un mouchoir sous le nez.

— Allez, *Ash*. Reprends-toi.

— Je ne comprends pas pourquoi elle est toujours aussi méchante avec moi.

— Je sais.

Déjà repartie vers la fenêtre, Sophie écarte le rideau en dentelle pour laisser entrer le clair de lune. Avec des gestes familiers, elle déplie l'anneau lumineux puis, le câble à la main, cherche une prise au sol.

— Sous ton lit, près de la table de chevet.
Avisant son visage tristounet et ses yeux bouffis dans le miroir de la commode, Cendre s'empare de sa trousse de toilette. Elle voit le reflet de Sophie fureter sous le lit pendant quelques secondes avant qu'un grand craquement ne se fasse entendre. L'ampoule du plafond s'éteint, plongeant la pièce dans la pénombre.
Au rez-de-chaussée, Mamie Léontine donne des ordres avec une précision militaire.
— Mathilde, tourne le bouton du four ! Les filles, ça va en haut ?
Toujours à genoux, une Sophie dépitée débranche l'anneau lumineux d'un coup sec. Endossant ses responsabilités, elle se précipite dans la cage d'escalier.
— Mamie, je crois que c'est moi. J'ai utilisé la prise sous le lit et l'électricité s'est coupée au même moment.
L'air ravi par toute cette agitation, Erwan émerge en pyjama d'une autre chambre.
Cendre allume la lampe torche de son téléphone, saisit son neveu par la main et le précède dans l'escalier. En bas, Mathilde éclaire Léontine qui cherche des bougeoirs.
— Si quelqu'un pouvait m'escorter jusqu'à la boîte à fusibles !
Cendre enfile déjà au hasard une paire de grosses bottes en caoutchouc parmi celles empilées en vrac près de l'entrée.
— On t'accompagne jusqu'à la grange.
— Ne t'embête pas ! J'ai juste besoin de quelqu'un pour m'éclairer.
— On y va tous !
À la lumière vacillante des bougies, Mathilde est blafarde. S'agrippant de toutes ses forces à son fils, elle

regarde partout autour d'elle avec des mouvements de tête nerveux.

Cendre remarque alors que Sophie tient son téléphone à un angle bizarre, parfaitement vertical, comme si…
— Tu n'es quand même pas en train de nous filmer ?
Son amie répond par un sourire taquin.
Trente secondes plus tard, la petite troupe se dirige en procession vers la grange attenante à la maison. Chaussés de bottes dépareillées, ils pataugent maladroitement dans la boue du jardin. Seul Erwan a eu la présence d'esprit d'enfiler un manteau.

Cendre sent la fraîcheur de la nuit s'infiltrer à travers son pull en laine fin et elle aurait volontiers resserré les bras autour de son corps si elle ne portait pas son téléphone dans une main et un bougeoir dans l'autre.

À la seconde où Mamie Léontine entrouvre la porte de la grange pour les faire entrer, une voix masculine agressive les prend de court.
— Ah, cette fois, je vous tiens !
Le visage dissimulé par une cagoule, un inconnu vêtu de noir bondit de derrière les poubelles à roulettes. Cendre n'a pas le temps de se laisser impressionner par sa silhouette trapue, car Mathilde s'est jetée sur l'intrus avec un cri aigu.

Les mains prises, elle lance un coup de pied qui atteint l'homme dans les parties. Puis, d'un mouvement gracieux né d'années de Pilates acharné, elle lève l'autre jambe très haut pour le frapper en pleine tête, le projetant au sol avec un gémissement de douleur.
— Bravo, Maman !

Quand Mathilde écarte sa chevelure brune d'un fier mouvement de tête, on entendrait presque le reste du groupe cligner des paupières. Sans leur donner le temps de réagir, elle compose le numéro d'urgence avec un pouce et colle son mobile à son oreille.

Ça décroche immédiatement.
— Agression de quatre femmes et d'un enfant à Veules-les-Haies dans la résidence de Mme Léontine Duval, au lieudit la Brebis joliette. J'ai temporairement neutralisé l'individu, mais il faut faire vite... Vous me mettez en contact avec le responsable de la gendarmerie locale ?
Merci, je ne quitte pas.
Cinq secondes plus tard, la poche de l'homme écroulé à terre vibre. Replié sur lui-même en position fœtale, il conserve les mains sur son entrejambe.
— Vous voyez bien que je ne peux pas répondre !
Déboussolée, Mathilde regarde successivement son portable et le monsieur.
— Raccroche, ma chérie, dit Léontine en s'avançant.
Sa petite-fille s'exécute puis reprend une posture de combat genre superhéroïne. Cendre ne l'avait jamais vue ainsi.
— Sergent Pilon... que nous vaut le plaisir de votre visite à une heure aussi tardive ? demande la vieille dame avec sarcasme.
— Je... Ah... Vous n'avez toujours pas restitué le mobilier urbain que vous recelez... Ah...
— Très juste. Sophie allait le faire demain matin avant de repartir pour Granfleur. C'est ce que vous étiez passé me demander, avec votre cagoule et votre tenue d'Arsène Lupin ?
Humilié, Pilon tente de formuler une réponse.
— Je voulais attraper votre complice... Ah... Que faites-vous... avec des bougies ?
— Une procession à Saint-Mathurin, le saint patron des imbéciles. Enfin, vous voyez bien que la maison est plongée dans le noir ! Maintenant, si vous le permettez, nous allons

entrer dans la grange pour réenclencher les plombs qui ont sauté. Merci, bon dimanche. Les filles, venez m'éclairer.

Toujours tenu en respect par Mathilde, le sergent Pilon se relève difficilement et brandit un index belliqueux.

— Ça ne va pas se passer comme ça ! Agression sur un agent des forces de l'ordre dans l'exercice de ses fonctions. Ça va chercher loin !

— Vous plaisantez ? réplique Mathilde qui fait signe à Erwan d'entrer se réfugier dans la grange. C'est vous qui nous avez attaqués à visage dissimulé.

— Je filme la scène que je suis en train de diffuser en direct sur Facebook, ment Sophie avec un aplomb surprenant. J'effacerai tout si vous nous laissez tranquilles.

— Les filles ont soixante-cinq mille abonnés sur Instagram. Vous souhaitez vraiment vous en prendre à elles alors qu'elles possèdent une preuve vidéo ?

C'est un moment étrange pour s'en réjouir, mais Cendre n'avait encore jamais entendu Mathilde dire quelque chose de positif à son sujet.

— Qui plus est, mon mari est un Germon-Jéricho.

— G-Germon-Jéricho ? bafouille Pilon.

— Exactement, comme l'épouse du conseiller départemental. Alors ?

— Je...

Les épaules du sergent s'affaissent et il fait un pas en arrière.

— Très bien. N'oubliez pas de ramener les chaises demain.

L'air défait, il file sans demander son reste. Dans son sillage, des aboiements forcenés se déchaînent dans la maisonnette voisine. Bruno a dû réinterpréter les plus grands hits de la pop, car Mlle Berthe ouvre brutalement la fenêtre et passe la tête à l'extérieur pour respirer.

— Eh bien, quelle aventure ! s'exclame Léontine en regardant Sophie. Tu n'es quand même pas sur Facebook ?

— Non. On a perdu la connexion Internet. Mais j'ai filmé la scène si tu la veux.

— Volontiers. Je me repasserai la vidéo pour Noël.

Avec un grand rire, elle pénètre dans la grange et se dirige vers l'armoire à fusibles.

Mathilde hausse très haut les sourcils en avisant les chaises disposées sur la bâche.

— Mais, Mamie... pourquoi as-tu du mobilier urbain chez toi ?

Chapitre 4

Mardi 12 septembre, Dreamcasting

Encore grisée par la rencontre qu'elle vient de faire, Cendre bondit hors de la salle de réception et traverse l'amphithéâtre au pas de course. Son sac banane en cuir bat la mesure autour de sa taille.
Elle prend un raccourci par le parking et court vers le bâtiment principal. Comme pour la narguer, le soleil normand brille fort après s'être fait discret durant ses deux semaines de vacances à la Brebis joliette.
Je vais faire un vlog avec Gemini Aman.
Je vais faire un vlog avec Gemini Aman !
Ravie par cette opportunité inespérée, elle adresse un grand signe de la main au réceptionniste quand elle pénètre dans le hall d'entrée par une des issues latérales. Trop contente, elle se fiche pas mal de son sourire amusé alors qu'il la marque présente.
Pour une fois, elle a l'impression de voler, d'avoir vaincu ses complexes pour réaliser quelque chose d'extraordinaire.
Même la voix fielleuse de Pauline qui émerge de l'*open space* n'arrive pas à la faire redescendre.
— ... boit du champagne avec les stars sans le moindre respect pour ses horaires de travail.
Profitant du fait que la méduse ait le dos tourné, Cendre contourne les bureaux de ses collègues et se plie en deux pour regagner le sien le plus discrètement possible. Pointy lui décoche un regard critique, mais ne la cafte pas à Pauline et essaye même de rediriger cette dernière vers la sortie.
Le doigt sur le bouton de son ordinateur, la jeune femme boit une longue gorgée à sa gourde et ouvre son tiroir, au

fond duquel elle dissimule des barres de céréales. Elle déchire rapidement l'emballage de l'une d'entre elles et mord dedans avec avidité tout en cliquant sur l'icône de la messagerie interne.

Jérémy : Alerte méduse ! J'espère que tu es à ton bureau.
PS : La conférence de presse s'est bien passée ?
Cendre : Encore mieux que prévu. J'ai sympathisé avec Gemini Aman et on a un projet ensemble. Je te raconte après. Je suis revenue en retard.

Elle finit d'engloutir sa barre de céréales et se baisse pour jeter l'emballage dans la poubelle. Quand elle se redresse, elle sursaute en avisant une silhouette derrière son épaule.

— Mademoiselle Hubert, débute Pointy d'un ton plat.
— Je peux tout expliquer. C'est parce que j'ai commencé à discuter avec Mlle Aman à propos de...
— Ce n'est pas ça, la coupe sa cheffe qui pose plusieurs documents sur son bureau. Je viens d'apprendre que l'entreprise propose une formation de trois semaines aux alentours de Noël. Avec indemnité de salaire, bien sûr.

Elle ne cille pas.

Le silence se prolonge alors que Cendre cherche quoi dire.

— Et vous voudriez que je rédige un texte pour la promouvoir auprès du personnel ?
— Pas tout à fait.

Étrangement, Pointy affiche un sourire indulgent.

— Je veux que vous y réfléchissiez attentivement et que vous me disiez avant la fin de la semaine si vous avez l'intention d'y postuler.

Cendre a besoin de plusieurs secondes pour digérer l'information.

— Et bien sûr, vous rédigerez une note d'information à diffuser en interne. Je veux que le courriel arrive dans la boîte de tous les employés demain sur les coups de dix heures. C'est compris ?

Cendre hoche la tête par habitude, mais sa confusion doit être évidente, car Pointy lui adresse un de ses rares sourires et se penche vers elle pour lui murmurer :

— C'est une formation très pointue sur la communication et je pense que vous avez les capacités pour représenter l'antenne de Granfleur sous un jour positif.

— N-notre antenne ?

— Oui. Les cours se tiendront dans nos locaux, mais nous accueillerons une poignée d'étudiants stagiaires issus de plusieurs de nos antennes européennes. Les places sont limitées, la sélection se fait sur dossier et je suis convaincue que votre maîtrise courante de l'anglais ainsi que vos activités… annexes joueront en votre faveur.

— Merci de votre confiance, répond Cendre.

Elle est flattée, mais Nozinabook accapare quasiment tout son temps libre.

— Songez-y.

Pointy s'éclipse aussi silencieusement qu'elle est apparue, sans même un regard en arrière.

La jeune femme ajoute la rédaction de la note d'information à sa *to-do list* puis se connecte à sa messagerie. Quelques newsletters, des messages en interne, un envoi groupé de Jean-Marc et en haut de la liste, un mail de Mathilde intitulé « Oubli de l'anniversaire de Maman ??? ».

Légèrement paniquée, elle clique dessus et lit le contenu. Il est minimaliste.

Maman me dit qu'elle n'a encore rien reçu de ta part.

Impossible ! Hier matin, dès son arrivée au bureau, elle a programmé l'envoi de sa carte d'anniversaire virtuelle depuis son adresse professionnelle pour être certaine de ne pas oublier !
Elle se rappelle parfaitement avoir effectué toutes les étapes. Rédiger le message, trouver une jolie image, la joindre, ajouter l'objet, chercher sa mère dans ses contacts, lancer la programmation… et se faire déconcentrer par Pauline qui prenait le chou à Jean-Marc pour des remboursements de frais auxquels elle s'opposait.
Oh non !
Elle ouvre le dossier « Brouillons ». L'email pour l'anniversaire de sa mère s'y trouve toujours. Le cœur serré, elle clique sur le bouton d'envoi.
Une petite partie d'elle admet que le plus frustrant, c'est d'être partagée entre la colère envers sa sœur si cassante et la gratitude qu'elle lui ait signalé son erreur. Se sentant obligée de réagir, elle lui envoie un message pour se justifier… et la remercier.
La réponse de Mathilde est quasi immédiate.

C'est bien, mais ce n'est vraiment pas à moi de rattraper tes boulettes. Tu es adulte, tu devrais être capable de t'organiser toute seule, sans quoi tu n'arriveras jamais à rien.
Je pars en réunion pour un projet de rachat de fonds de commerce. On se voit tout à l'heure chez les parents.

Cendre sent les larmes lui piquer les yeux.
Depuis sa petite enfance, elle a l'impression de vivre dans l'ombre de son aînée si efficace.

Balourde. Lente. Dans l'espace.
Les critiques répétées de Mathilde filent réveiller dans un coin de son esprit les insultes qu'avait publiées Quentin sur son mur Facebook.
Gnangnan. Bécasse. Aussi conne que ses romances.
Elle se prend les tempes entre les mains et respire fort.
Si seulement elle pouvait faire quelque chose pour prouver qu'elle aussi a de l'ambition. Quelque chose, mais quoi ?
Son regard tombe sur les documents que Pointy a laissés sur son bureau.
Avec des mouvements saccadés, elle feuillette les polycopiés. Sa responsable n'a pas menti. Trente heures par semaine durant le mois de décembre. Introduction à des logiciels de PAO auxquels elle n'a pas l'habitude de toucher. Travail sur la communication, le SEO et les techniques d'accroche.
Et si ?
Décidée, elle se redresse d'un bond, traverse l'*open space* et s'arrête devant le bureau ouvert de sa cheffe.
— Poin... Madame Leclerc ?
— Oui, mademoiselle Hubert ?
Elle prend une grande inspiration.
— Je vais postuler pour la formation.
Pointy la gratifie d'un sourire fier qu'elle ne lui avait encore jamais vu.
Seconde victoire de la journée.

Chapitre 5

Mercredi 13 septembre, quartier du restaurant Des mets et Dézart

Jérémy : C'est pas grave si tu ne viens pas, mais je suis au bout de ma *life*.
Cendre : Ne t'inquiète pas, je suis dans le tram. À tout'

Ça doit être le trente-cinquième SMS que Jérémy lui a envoyé depuis ce matin. Elle a passé la journée à essayer de l'encourager tout en évitant de se faire repérer par Pauline. Privée de son souffre-douleur parti en congé, celle-ci avait déboulé dans le bureau de Pointy. Pendant dix minutes, elle avait crié à s'en érailler la voix que proposer une compensation de salaire pour la formation contribuait « au gaspillage des ressources financières de l'entreprise ». Cendre avait appuyé comme une malade sur le levier de son siège pour le faire descendre au maximum et disparaître derrière son écran.

« Attention, prochain arrêt *Marie de France*, prochain arrêt *Marie de France*. »

Elle se faufile entre les portes et va vérifier son reflet dans une vitrine. L'ourlet de sa robe courte émerge à peine de son manteau couleur prune.

À l'angle d'une ruelle, plusieurs personnes aux vêtements bien coupés discutent sur le trottoir, une cigarette à la main. Près d'elles, un tréteau d'affichage arbore le poster de l'exposition.

Un videur à la carrure de colosse est posté à l'entrée du restaurant. Elle doit basculer la tête en arrière pour s'adresser à lui.
— Bonsoir.
— Bonsoir, mademoiselle. Vous êtes venue dîner ?
— Non. Mon ami Jérémy Sol expose.
— Alors, c'est à l'étage. Prenez le grand escalier en bois après le bar.
— Merci.
— Je vous en prie. Passez une bonne soirée au Des mets et Dézart.

Elle lui adresse un petit sourire timide puis traverse l'espace bar en saluant les employés d'un geste du menton.

Elle n'a aucune raison d'être nerveuse, mais la fébrilité de son ami s'est infiltrée en elle comme de l'eau dans une brèche. D'ailleurs, elle n'a pas plus tôt mis le pied à l'étage que des bras se raccrochent à son cou.

— Si tu savais comme je suis soulagé de te voir, soupire Jérémy.
— Respire. Tout se passe bien ?
— Oui, pour l'instant, je touche du bois.

Il colle la main à la balustrade.

— Ta cousine n'a pas pu venir ?
— Non. On lui a sucré son jour de repos au dernier moment.

Faisant courir son regard sur l'espace d'exposition, Cendre est ravie de constater que de nombreuses personnes se pressent devant les toiles. Elle s'apprête à lui demander de lui faire la visite quand une voix masculine les interpelle.

— Jérémy, tu ne me présentes pas à ton invitée ?

Sans attendre la réponse, un homme d'une cinquantaine d'années saisit la main de Cendre et la lui serre avec enthousiasme.

— Christophe Dézart, propriétaire des lieux. Enchanté.
— Cendre Hubert.

Elle se mord la lèvre, fascinée par la touffe de cheveux blonds qu'elle soupçonne d'être un postiche.

— Cendre est une collègue du département communication, précise Jérémy en se rongeant l'ongle du pouce.

— Vous travaillez aussi pour Dreamcasting ? Je comprends mieux ! Cette jolie robe, cette tresse recherchée... On voit dans toute votre personne l'attrait pour les arts visuels.

— Merci. J'ai fait un effort.

— Cendre est plutôt attirée par le monde de l'écrit, s'interpose Jérémy. Elle anime le webzine de l'entreprise et tient un blog livresque qui compte plus de soixante mille abonnés sur Instagram.

Habitude irrépressible, elle rougit et tempère son enthousiasme.

— On a eu de la chance de se lancer alors que le format vidéo prenait de l'ampleur. En plus, nous sommes partenaires officielles de Livrindigo.

— Ne vous justifiez jamais d'un succès, ma chère. À ce propos, suivez-moi, je vais vous présenter à une artiste de votre âge qui donne sa toute première exposition.

Il l'entraîne à l'écart et lui fourre une coupe de champagne dans la main.

— En attendant, dit-il fermement par-dessus son épaule, M. Sol va respirer par le ventre et tenter de se calmer un peu avant d'aller parler aux journalistes.

Il désigne du menton un couple de hipsters habillés en noir. L'homme est équipé d'un appareil photo impressionnant. En le voyant, Jérémy se tourne vers le mur et se plaque les mains sur la bouche avant d'hyperventiler.

Cendre n'a pas le temps de le rassurer. Elle se retrouve poussée devant un tableau en dégradés de gris représentant une maison vide. Sur une chaise, une enfant en robe de dentelle tient un ballon rose. Se disant que Sophie adorerait, elle prend un cliché pour la taguer en story.

— Cendre Hubert ? Voici Madeline Popa, notre jeune artiste que j'ai l'honneur d'accueillir pour sa première exposition.

Rayonnant de fierté, M. Dézart les présente l'une à l'autre avec un geste du bras si dramatique que son toupet manque de s'envoler.

Avec ses longs cheveux roses et ses écarteurs de lobes d'oreilles en métal, Madeline ressemble à une œuvre d'art vivante.

— Félicitations, dit Cendre. Cette toile est surprenante.

— Merci. Techniquement, c'est du fusain sur papier avec une touche de peinture à l'huile pour le ballon. J'avais peur d'être nerveuse, mais Jérémy est pire que moi. Pourtant, ce n'est pas la première fois pour lui, non ?

— Effectivement. Il a exposé en solo l'été dernier, dans un centre culturel municipal.

— Je dis ça parce que je ne sais pas si c'est bien conseillé de boire pour faire passer le trac.

Madeline pointe le menton vers Jérémy qui avale d'un trait une flûte de champagne. Une autre, vide, est déjà posée sur la console à côté de lui.

— Hum... commence Cendre. Tu sais si c'est casher, le champagne ?

— Aucune idée.

— Attends-moi deux secondes, je vais le chercher.

***

— Les *events* comme ça, ça me donne envie de tout plaquer. C'est décidé, demain, j'envoie chier la méduse et je vis de ma peinture !

— Tu m'as déjà dit ça la dernière fois et au final, tu t'es dégonflé.

Jérémy ne l'entend plus. Il s'éloigne de l'arrêt de tram en effectuant de grands moulinets de bras. Indifférent aux températures de septembre et à l'horaire tardif, il n'a cessé de parler depuis qu'elle l'a traîné hors du restaurant à la clôture de l'événement.

Elle allonge le pas pour pouvoir enrouler un bras autour de sa taille et l'aider à marcher droit.

— Tu pourrais commencer par peindre davantage, puis tu demanderas à la direction si tu peux passer à mi-temps ou prendre un congé sabbatique.

— Pauline ne me le permettra jamais !

— Pauline n'est pas ta mère.

— Elle m'a déjà dit que si je demandais à réduire mes heures, elle s'y opposerait. En prime, elle me fournira une référence négative si je démissionne pour chercher du boulot ailleurs... ou dans un autre département.

— Tu voudrais changer de département ?

— J'ai suivi une formation de graphiste en distanciel. Pendant six mois. J'étudiais après le travail.

— C'est pour ça que tu as annulé plein de soirées ciné ?

Quand il hoche la tête, elle se reproche de n'avoir rien vu.

— Tu aurais dû me le dire. Je t'aurais invité chez moi. On se serait fait des séances études-lecture dans le calme, avec un bon thé.

Jérémy étouffe un rot sonore derrière sa main.

— Ah non, qu'on ne me parle plus de boissons pendant au moins trois semaines ! Et puis j'ai postulé à cette formation en communication en décembre.
— Moi aussi !
Il lui adresse un grand sourire puis vacille en arrière. Elle lui attrape un bras qu'elle cale sur son épaule et le traîne sur une dizaine de mètres jusqu'à son immeuble. Le voyant batailler pour atteindre la poche intérieure de sa veste, elle y fourre la main et en sort le trousseau de clés.
Une ampoule s'allume automatiquement. Tentant de se protéger les yeux, Jérémy la lâche et s'éloigne de quelques pas en titubant.
Libéré de toute entrave, il écarte les bras et bascule la tête en arrière pour crier.
— Je suis libre, Cendre ! Libre ! Adieu la méduse !
La baie vitrée d'un balcon s'ouvre brusquement et une silhouette masculine en slip apparaît.
— Vous allez arrêter de gueuler comme des porcs ?!
— Désolée.
Du coup, Cendre n'ose plus rien dire.
Ayant trouvé la bonne clé, elle pousse la lourde porte d'entrée puis saisit Jérémy par l'arrière de sa veste. Il a l'air ravi de sa grande décision sur laquelle elle sait pertinemment qu'il reviendra dès qu'il aura dessoûlé.
— Tu restes dormir ce soir ? demande-t-il en s'engageant dans l'escalier.
— Chut ! Moins fort. Non, il faudrait que je rentre chez moi pour me changer. Je ne peux pas aller au travail comme ça demain matin.
Quand il remue la tête de bas en haut pour contempler sa tenue, il perd l'équilibre et elle le rattrape.
— Tu es super jolie ! Tu devrais venir comme ça pour faire la nique à la médu…

Il s'écroule sur le palier devant son appartement.

— Laisse-moi au moins te payer un taxi, parvient-il à murmurer avant de s'endormir à moitié.

Cendre songe au sergent Pilon étendu à terre devant la grange et se demande quelle mélodie jouerait Bruno s'il était témoin de la scène. Alors qu'elle traîne Jérémy par les bras pour franchir le seuil, elle fredonne doucement la chanson de The Weeknd qui passe en boucle dans son esprit depuis ses vacances à la Brebis joliette.

Chapitre 6

Vendredi 15 septembre, Dreamcasting

À l'autre bout du fil, l'enthousiasme de son père est si communicatif que Cendre n'ose pas lui dire que c'est juste un *event* sans prétention.

— On ne raterait ça pour rien au monde ! On avait prévu de faire un tour à Livrindigo de toute façon ; ta mère est à court de romans policiers. Et puis ce n'est pas tous les jours que ma petite chérie filme un vlog avec une actrice célèbre.

À l'arrière-plan, l'interrupteur d'une bouilloire clique.

— Tu es à la maison ?

— Non, je suis passé dans la cuisine du bureau pour pouvoir t'appeler discrètement. Hum.

Il s'étrangle d'embarras quand une chasse d'eau se déclenche dans la cabine voisine de celle de Cendre.

— Papa, ça me fait plaisir de t'avoir parlé, mais il faut vraiment que j'y aille si je ne veux pas qu'on vienne me débusquer.

— Ce n'est toujours pas la joie au bureau ?

— Pointy m'a à la bonne en ce moment, mais…

Un toussotement en provenance des lavabos lui coupe la chique.

— Papa, je te laisse. À ce soir.

Elle raccroche à la hâte et fourre son portable dans la poche arrière de son pantalon en velours côtelé. Après avoir tiré la chasse pour se donner une contenance, elle émerge de sa cabine et découvre que Pauline fait mine d'essuyer le comptoir des lavabos avec une boule de papier essuie-mains.

Elle essaye de s'éclipser discrètement, mais leurs regards s'entrechoquent dans le reflet du miroir.

— Bonjour, mademoiselle Bébert. Vous ne vous lavez pas les mains ?
— S-si.
Elle s'exécute à toute vitesse en priant pour que quelqu'un vienne la sauver.
— Vous êtes restée là-dedans si longtemps que je suis partie à votre recherche. Je croyais que vous étiez... malade, comme notre cher Jérémy qui n'était pas non plus en forme pendant toute la journée d'hier.
— Ah oui ?
— Le lendemain de son jour de repos... Vous savez ce qui lui est arrivé ?
— Non, ment Cendre qui a le retour de la soirée du vernissage gravé dans la tête en haute définition. Excusez-moi.
Avec la célérité d'une sprinteuse, elle bondit hors des toilettes et court vers l'*open space*. Elle se laisse lourdement tomber dans son fauteuil et se redresse comme un ressort quand elle sent quelque chose de dur sous ses fesses. Poussant un soupir exaspéré, elle retire son portable de sa poche et croise le regard de Jean-Marc.
— Désolé. On l'a vue partir dans ta direction, mais c'est un endroit où je ne pouvais pas venir te prévenir.
— Ne t'en fais pas, je peux me débrouiller toute seule. Je suis une grande fille.
— Je sais. Tu es prête pour ton interview avec Gemini ?
— Oh, c'est juste un vlog, mais Tiphaine a demandé aux restos du coin de l'aider à préparer une table de rafraîchissements, au cas où.
— C'est super ! Je ne peux pas venir, mais je te souhaite bonne chance.
Une quinte de toux rauque en provenance de la porte les pousse aussitôt à se rasseoir.

Son casque antibruit collé sur les oreilles, Cendre repasse en revue ses *to-do lists* de la journée. L'officielle... et l'officieuse.

Officiellement, elle est dispo pour répondre aux questions des employés intéressés par la formation de décembre. Elle doit aussi modérer les commentaires du webzine.

Officieusement, elle devra visiter régulièrement son Insta pour reposter les publications de Livrindigo.

En bref, elle va passer l'après-midi à naviguer entre plusieurs écrans en essayant de ne pas se faire choper.

L'icône de la messagerie interne clignote.

Jérémy : Tu as reçu mon virement pour te rembourser le taxi de l'autre soir ?
Cendre : Oui, ce matin. Ne t'inquiète pas.
Jérémy : Encore désolé. Je ne sais pas ce qui m'a pris de me murger autant.
Cendre : Murger ? Quatre demi-coupes de champagne... Petit joueur.
Jérémy : J'étais juste nerveux et je ne #skgaljbalgjb

Cendre patiente quelques secondes.

Jérémy : Désolé. Alerte méduse. J'ai fermé le chat en urgence.

Elle sourit en songeant que la moitié des employés du département compta ont dû abattre nerveusement les paumes sur leurs claviers à l'apparition subite de leur cheffe.

Jérémy : On va à Livrindigo ensemble ce soir ? Je te promets que je ne boirai que de l'eau.

Elle a la boule au ventre. Pourquoi a-t-elle l'impression de se retrouver prise dans un tourbillon cette semaine ?

***

Jérémy arrange ses cheveux en regardant son reflet dans une vitrine.

— Juste pour m'épargner la boulette, tes parents sont au courant que ta mamie fait du recel de chaises ?

— Ne m'en parle pas ! C'est eux qui ont réglé l'amende à sa place. En plus, le sergent Pilon a voulu porter plainte contre Mathilde à cause de la belle bosse qu'il avait sur le front le lendemain. Entre autres...

— Ça a abouti ?

— Tu rêves ? Les Germon-Jéricho sont intouchables.

— Et personne n'a encore découvert qui est le complice de Léontine ?

— Non ! J'avais réussi à m'infiltrer en douce dans son cours de yoga pour glaner des informations, mais il a été annulé parce que le prof a eu un empêchement de dernière min...

Jérémy freine des quatre fers.

— C'est la queue devant la librairie, ça ?

Cendre ouvre de grands yeux.

La zone piétonne est bondée. Une file s'étire sur une cinquantaine de mètres. Tous les bancs publics sont occupés et les terrasses des cafés grouillent de monde.

Devant l'entrée de Livrindigo, deux agents de police ont instauré un périmètre de sécurité *low-tech* en croisant les bras d'un air revêche. Il y a beaucoup d'ados et de jeunes de leur âge. Certains sont en *cosplay*. Les rares quadras sont accompagnés d'enfants.

— Tu vois quelque chose ?

Plus grand qu'elle, Jérémy étire le cou pour regarder par la vitrine.

— Gemini fait des dédicaces. C'est le branle-bas de combat. Ta mère bosse aux caisses avec Tiphaine et Marjo.

— Quoi ?

— Ton père s'occupe de la table des rafraîchissements.

— QUOI ?

Cendre se précipite vers la porte, mais se retrouve aveuglée par une série de flashes. À travers les crépitements, elle reconnaît les deux journalistes qui l'avaient brièvement interviewée pendant l'expo de Jérémy. Elle sent les regards de la foule se tourner vers elle alors qu'on lui brandit un dictaphone sous le nez.

— Cendre Hubert, vous êtes très présente cette semaine ! Comment avez-vous rencontré Gemini Aman ?

— Euh… je travaille pour le webzine de Dreamcasting. J'ai sympathisé avec Mlle Aman après avoir vu son dernier documentaire et je lui ai proposé d'enregistrer un petit vlog… un simple vlog… dans notre antenne locale de Livrindigo.

Sous le nouveau déferlement de flashes, Jérémy redresse le dos et prend une série de microposes pour se mettre en valeur.

— Jérémy Sol, comment vous sentez-vous après le succès de votre vernissage de mercredi ?

— Très fier d'exposer mes œuvres au Des mets et Dézart pendant encore trois semaines. Mais aujourd'hui, je suis venu soutenir Cendre. D'ailleurs, si vous voulez bien nous excuser…

Voyant son amie pâlir, il l'empoigne par les épaules et l'entraîne vers la porte que leur ouvre le policier. À l'intérieur, la jeune femme a la sensation que le grondement de milliers de voix se réverbère contre les arches du plafond. Son vertige redouble d'intensité.
— M. Hubert ! Une boisson sucrée, s'il vous plaît ! Cendre nous fait un petit malaise.
— Choupinette ?
La voix de son père reste lointaine alors que Jérémy colle un gobelet contre ses lèvres. Elle a l'impression d'être Shelby dans *Potins de femmes*, la coiffure bouffante en moins.
— Tu veux t'asseoir ?
Quand le voile qui embrumait sa vision se dissipe, elle tente de rassurer son père.
— Non, merci. C'est juste un étourdissement. Je ne m'attendais pas à autant de monde.
— Nous non plus ! On n'a même pas eu le temps d'acheter quoi que ce soit. Quand on est arrivés, on a vu que ton amie et ses employées étaient débordées, alors on s'est jetés dans l'action.
Il désigne la table de rafraîchissements qui croule sous des assiettes de petits-fours et de mignardises. Des cartes de visite et des flyers font la promotion des restos de la zone piétonne.
Alors que les flashes continuent de crépiter à l'extérieur, Cendre se dit qu'elle doit reprendre le contrôle de la situation.
— Je vais aller parler à Gemini pour voir ce qu'elle veut faire. Jérèm', tu peux peut-être faire rentrer les deux journalistes. Ils ont l'air sympas et ils ont publié un bel article sur ton expo.

— Choupinette ! s'écrie Indra Hubert qui s'arrête de jouer du scanner le temps d'adresser à sa fille un salut enthousiaste.

Celle-ci le lui rend puis part rejoindre Gemini qui vient de prendre un selfie avec une fan.

— Je crois que le rameutage a un peu *trop bien* marché, lui confie l'actrice en haussant les sourcils.

— C'est la rançon de la gloire !

— Mademoiselle Hubert ?

La voix est vaguement familière.

Laissant Gemini saluer le fan suivant, elle se tourne et reconnaît le gendarme qui les avait accueillies à Veules-les-Haies le jour de l'interpellation de Mamie Léontine.

En civil et avec ses cheveux noirs ébouriffés, il fait plus jeune. Devant lui, une fille d'environ treize ans a l'air de vouloir disparaître sous terre.

— Vous me remettez ? dit-il en brandissant un index vers son visage. Agent Stéphane Moulin.

— Oui, bien sûr. Le mobilier urbain... et Bruno.

Il hausse les épaules d'un geste désolé puis baisse les yeux vers l'ado.

— Voici Elvire qui passe sa vie *ônnelaïne*, quand elle n'a pas le nez dans un bouquin.

— Papa !

Consciente de l'exubérance de sa propre famille, Cendre compatit et lui serre la main.

— Tu sais, ton père a interpellé ma grand-mère Léontine parce qu'elle a chipé les chaises du village pour les repeindre en rouge. Enfin, soi-disant...

Elvire a l'air ravie.

— Je trouve ça génial ! On les a prises en photo avec mes copines et on a créé l'hashtag #chaises-colorées sur Insta pour montrer qu'elles ne sont plus brun caca. On habite tout près, à Bécon-les-Pois, et il ne se passe jamais rien chez nous. J'ai même entendu dire que dans le temps, notre vieux prêtre était allé faire un exorcisme à Veules-les-Haies !

— Hum, s'étouffent le gendarme et Cendre.

Avec un regard complice, ils concluent un pacte de silence.

Une autre série de flashes crépitent et Moulin a l'air dépassé.

— Gemini est trop sympa !

Les grands yeux bruns expressifs d'Elvire pétillent et son visage rayonne de bonheur. Cendre a l'impression de voir son propre reflet quand, ado, elle faisait une découverte littéraire.

Alors que le chaos continue de faire rage dans la librairie, elle a subitement une idée.

— Ton père m'a dit que tu étais fan de Nozinabook. Tu veux bien m'aider à filmer l'entretien ? Je crois que Tiphaine sera trop occupée pour tout mettre en place.

Alors qu'Elvire en reste bouche bée, M. Moulin regarde Cendre avec une expression reflétant sa gratitude éternelle.

Chapitre 7

Lundi 4 décembre, Dreamcasting

La bruine pianote doucement sur les baies vitrées de la salle de formation. Encore frissonnante après son trek transsibérien depuis l'arrêt de bus, Cendre est debout derrière un ordinateur avec un grand écran dernier cri.

— Je m'appelle Cendre Hubert… je travaille pour le webzine français de Dreamcasting où je… rédige des articles et endosse des projets de communication…

Elle a beau être dans les petits papiers de Pointy, elle se demande pourquoi elle a choisi de se fourrer dans une telle situation.

L'Autrichienne blonde sculpturale prénommée Ulrike la dévisage comme si elle avait une mouche sur le nez.

Sa panique redouble.

Assia, la formatrice, lui adresse un regard prévenant.

— Et qu'attends-tu de ces trois semaines d'apprentissage ?

— Hum… j'aimerais développer ma maîtrise du SEO et acquérir des aptitudes en graphisme afin d'améliorer le rendu visuel de nos publications en ligne et de contribuer à optimiser la visibilité de notre entreprise sur des réseaux sociaux toujours plus saturés.

— C'est louable, acquiesce Assia, non rebutée par ce jargon. Si j'ai bien compris, tu cherches à élargir tes compétences plutôt qu'à modifier ton plan de carrière sur le long terme ?

— Tout à fait.

— Très bien. Je te remercie. Nous pouvons passer au suivant.

Cendre s'avachit sur son siège et se dégonfle comme un ballon de baudruche.
À sa gauche, un trentenaire moulé dans un costard impeccable se lève.
— Luca Mastrangelo, de l'antenne de Florence, la plus belle ville du monde.

En dépit de tous ses efforts cognitifs, elle décroche au bout de quelques secondes et sort son portable de son sac pour le consulter discrètement sous la table.
Elle a un texto non lu.

Sophie : J'ai reçu le dernier tome de la série « Ultra Bad Vampires » en exclusivité. *emoji chauve-souris*

Cendre a envie de lui parler de la musculature dénudée de Carlo sur la couverture de sa prochaine lecture Fantasifemme, mais elle ne voudrait pas se faire choper. Elle ne va pas gâcher son avenir professionnel en rêvant à un beau Highlander qu'elle ne rencontrera jamais.
Elle se concentre sur le bruit de la pluie pour se reconnecter.
Assia remercie Luca qui lui décoche un sourire Colgate.
— Merci pour cette présentation très intéressante. On reparlera de l'optimisation des tunnels automatiques.
Zut ! Cendre n'a pas écouté. Elle détourne définitivement les yeux de son portable qu'elle cale sur ses genoux, dissimulé sous les manches larges de son haut.
Le stagiaire suivant se lève, un colosse qui porte un jean et un pull en laine bleu.
— Bonjourrr à tous. Je m'appelle Liam McKellen. Je suis Écossais et je travaille pour l'antenne britannique de Dreamcasting. Je suis programmeur, mais je voudrais me réorienter vers le design.

Éc... Éco... Écossais ?
Cendre a l'impression que la Terre s'arrête de tourner. Son cœur a palpité en entendant le nom *Liam*, il a fait un bond au mot *Écossais* et le peu de neurones qu'il lui reste part en RTT quand ses oreilles détectent avec plaisir un petit accent légèrement bourru.
Son téléphone retombe dans sa besace avec un bruit sourd.
— Zut !
Aussi embarrassé qu'elle, Liam tire sur son pull.
Assia, qui n'a pas l'air affectée, le remercie et lui demande de se rasseoir. Elle se lance alors dans une explication détaillée de leur emploi du temps jusqu'au vendredi précédant Noël. Devant la quantité de travail qu'ils vont devoir abattre, Cendre a l'impression de quitter son corps pour flotter vers le plafond.
Assis à sa droite, Jérémy la ramène à la réalité avec un coup de coude.
— On dirait l'hippopotame bombé qui sort de l'eau au ralenti dans *Madagascar*, souffle-t-il en coulant un regard intéressé à Liam.
Cendre ravale un éclat de rire alors qu'Assia projette une présentation PowerPoint sur le tableau blanc.
Des rêves plein les yeux, elle se dit qu'elle va lire des romans de Highlanders tous les soirs en mangeant les sablés que Mathilde lui a rapportés de Londres ! Elle va peut-être même ressortir son coffret *Innlander* et se shooter avec 24/7 pour se mettre dans l'ambiance.
Alors que Gérard, de l'antenne belge, pose une question sur les nouveaux logiciels de PAO, Liam se tourne vers elle pour lui adresser ce sourire un peu niais typique des hommes qui n'ont pas conscience d'être canon.

Touchée en plein cœur, elle a l'impression que le temps s'arrête. Les lèvres de Gérard remuent sans émettre le moindre son, lui libérant de la bande passante pour dérouler son scénario.

Liam McKellen rajusta son breacan sur sa poitrine musclée. Une chemise aurait risqué d'entraver ses mouvements, car qui sait quels dangers rôdaient aux abords de la lande ? Depuis que le roi Jacques IV avait décidé de s'allier au monarque français contre les Sassenachs, cette contrée sauvage qui était la sienne se trouvait à l'orée d'une série de batail...

— Cendre, ça va ? s'inquiète Gérard. Tu as les yeux complètement dans le vide. On dirait une morue.

— Un merlan, le corrige-t-elle.

Liam lui adresse le genre de regard décontenancé qu'elle a l'habitude de voir braqué sur sa personne environ dix fois par jour depuis qu'elle a débarqué sur cette planète.

Alors que Gérard hausse les sourcils, Jérémy embraye sur autre chose.

La conversation se poursuit.

Assia fait défiler les diapositives, les questions fusent ; Cendre prend doucement ses marques.

Chapitre 8

Mardi 5 décembre, appartement de Cendre

Elle est lovée sur son canapé. Sur Skype, Sophie lui raconte sa lecture du moment, une histoire abracadabrantesque de vampires alpha qui sillonnent à moto les rues d'une cité postapocalyptique. Soudain, elle s'interrompt, fait bouffer son afro et pousse un petit soupir.
— Laisse-moi deviner. Tu es à nouveau tombée amoureuse d'un homme parfait qui n'existe pas.
— Et tu ne fais pas pareil avec tes vampires ?
— Ce n'est pas la même chose, ma belle. Moi, j'explore une esthétique et une philosophie. Ce n'est pas simplement une question d'hommes.
— Moi aussi, j'explore une esthétique.
— Laquelle ? Celle du « viens me titiller le tartan, je suis tout nu sous mon kilt » ?
— Non. Celle de terres sauvages battues par les éléments, de conflits de clans et d'honneur, de femmes et d'hommes séparés par leurs loyautés respectives qui osent s'aimer envers et contre tous.

Elle a parfaitement conscience que ce qu'elle vient de dire est à la fois très beau et très niais.
— Tu vois, sourit-elle, pour moi non plus, ce n'est pas simplement une question d'hommes.
— Effectivement. Alors, comment s'appelle-t-il ?
— Lequel ?
— Comment ça, lequel ? Tu en lis encore plusieurs en même temps ?
— Non, je n'en lis qu'un, le nouveau Fantasifemme dont je t'ai parlé.

— Grand éditeur de romance devant l'Éternel, raille Sophie.
— Ah non, on peut tout critiquer, mais Fantasifemme, jamais ! Bon, je veux bien admettre que les couvertures sont parfois un peu...
— Nunuches.
— Ils ont trouvé une formule qui fonctionne. C'est une façon de voir les choses.
— N'empêche, reprend Sophie, que cadrer des genoux aux épaules des mecs à poil et des femmes qui oublient toujours de lacer l'arrière de leur robe, ça ne laisse pas présager de grands récits de guerre ou d'intrigues politiques. Comment s'appelle-t-il, celui-là ? *Capturée par le Highlander rebelle* ? *La Fiancée du corsaire des Highlands* ? *Coup d'un soir avec mon Highlander millionnaire* ?
— Pfff. N'importe quoi. C'est *Dans les bras du guerrier highlander* de Betty McFarlane, je te ferai dire. Une histoire de voyage dans le temps avec Carlo en couverture...
— Je suppose que ton héros est un fier Scot qui doit défendre son clan.

Cendre avale une gorgée de thé aux épices. Puisant sa force dans la chaleur du breuvage, elle est prête à se lancer dans le récit des aventures de son héros.

— Absolument. Il s'appelle Callum MacGregor. Il s'est égaré dans un brouillard magique et essaye de trouver un endroit où s'abriter de la tempête. Je ne sais pas trop à quoi m'attendre. Même pas sûr que j'aie le temps de le finir dans la semaine, pour être honnête. Avec ma formation, j'ai la tête qui flotte.

Le sourire de Sophie s'évanouit quand elle voit que Cendre ne le lui rend pas.

— J'ai vraiment envie d'apprendre à être plus créative, se lamente cette dernière, que ce soit à travers mon écran ou avec mes mains. J'en ai assez d'être la grosse balourde de service qu'on apprécie parce qu'elle est rigolote et qu'elle rédige des chroniques plutôt chouettes.

Sophie ouvre des yeux paniqués.

— Tu sais, ce n'est pas parce que tu chroniques des livres ou que tu écris des textes marketing que tu n'es pas créative pour autant. Tout le monde n'a pas besoin de posséder une galerie ou d'être dans le top 10 des ventes en librairie. Et puis, tu as fait des trucs super. Le vlog, par exemple.

Ah, oui, le vlog devenu viral avec Gemini Aman... La seule chose d'importance qu'elle a eu l'impression de faire depuis au moins deux mois. Le projet génial qui lui avait donné une poussée d'adrénaline pendant tout le week-end. Le tout étant retombé comme un soufflé dès que Pauline l'avait alpaguée le lundi matin à son entrée dans l'*open space*.

— J'en ai conscience, mais parfois, surtout quand je me plonge dans une romance qui m'enchante tellement que j'oublie tout le reste, j'aimerais posséder le talent de créer ce genre d'univers illusoire pour partager mon monde intérieur avec des centaines d'autres personnes.

— Alors je suis contente que tu apprennes à t'exprimer de façon plus artistique pour pouvoir faire découvrir ton monde intérieur. Et je sais que ça bouillonne là-dedans.

Sophie se tapote le crâne du bout de l'index.

Cendre lui adresse un sourire reconnaissant et, pendant un instant, elle se replonge machinalement dans les bras imaginaires de Callum MacGregor...

— Et le deuxième, c'est qui ? l'interrompt son amie qui ne veut pas lâcher le morceau.

— Le deuxième ?

— L'autre. Tu m'as bien dit que tu avais deux beaux Highlanders, non ?

Bêtement, après être partie en vrille sur des personnages de fiction, elle a légèrement honte de lui parler de Liam, comme si c'était un doux secret qu'il fallait préserver.
— Allô, la Terre à la planète Tartan ! Décidément, tu n'es vraiment pas dans ton assiette ce soir. Qu'est-ce qui... ?
— J'en ai rencontré un vrai, la coupe Cendre. Pour de vrai. Un vrai Highlander. À la formation.
— À Granfleur ?
— C'est une formation internationale avec des employés venus de nos autres antennes. Il travaille pour celle d'Édimbourg... et il est craquant.
— Excuse-moi de te poser la question, mais... il était en kilt ?
Elles échangent quelques éclats de rire involontaires.
— Non. Je crois que de nos jours, c'est juste pour les grandes occasions. Il était simplement en jean avec des baskets et un pull. Un pull un peu moulant au niveau du torse.
— Ah, tu me vends du rêve.
— Il est informaticien.
— Je retire ce que j'ai dit.
Cendre lui accorde cette boutade, car il faut bien admettre que comparé à un puissant guerrier à moitié dénudé, le gars qui passe sa journée à pianoter sur un clavier ne fait pas le poids.
— Il parle français ?
— Oui, il est bilingue... avec juste une pointe d'accent.
— Ne te fais pas de films, *Ash*, mais ne laisse rien filer non plus.
Ses yeux pétillent de façon étrange.

— Sur ce, poursuit Sophie en s'étirant, je vais préparer le mailing pour notre jeu-concours et je te recontacte pour le planning des autres chroniques, d'accord ?

Cendre acquiesce machinalement tout en croquant dans un biscuit.

— J'ai encore plein de choses à terminer pour la fac. Je ne regrette pas de faire des études, mais le jargon de la rédaction académique, ce n'est vraiment pas mon truc. D'autant que la dernière année, c'est un peu chaud.

Elles s'adressent de grands coucous et Cendre referme l'application.

Dans le silence de sa solitude retrouvée, elle songe que depuis le départ de Sophie, sa présence physique lui manque terriblement. Elles se croisent parfois dans des salons du livre, mais ce n'est pas pareil. Avec un pincement au cœur, elle se dit que les expériences que sa plus vieille amie vit de son côté l'arrachent lentement à elle, tandis qu'elle-même végète dans sa bulle.

Son seul avantage est d'avoir déjà entamé sa vie professionnelle.

Une gorgée de thé brûlant la reconnecte à la réalité.

Trêve de mélancolie pour ce soir !

Elle se secoue de sa semi-torpeur et ouvre Facebook pour vérifier ses nouvelles notifications.

Cent cinquante-huit.

C'est tout ?

Brusquement, elle envisage d'aller stalker Liam pour voir s'il a un profil. Le bout de ses doigts effleurant les touches, elle se ravise au dernier moment.

Et s'il avait une copine ?

Et s'il était marié ?

L'horreur !

Non, mieux vaut ne plus penser à lui et ne pas crever trop tôt la bulle de ses rêves sans lendemain.

La soirée sera dédiée à son blog… et à Callum MacGregor.

Chapitre 9

Mercredi 6 décembre, Dreamcasting

Béni soit l'inventeur de la machine à café et des biscuits secs !
— Aïe ! fait Cendre lorsque Jérémy lui heurte l'épaule par-derrière.
— Je te vois, petite coquine... et je ne peux pas te le reprocher.
— Je ne sais absolument pas de quoi tu parles.
— Ma belle, tu sais parfaitement de *qui* je parle.
Grillée.
Elle s'apprête à admettre qu'elle admirait la plastique de Liam quand Luca vient les rejoindre, une boisson chaude à la main.
— Ciao, susurre-t-il avec une sensualité latine. On ne me fera jamais croire que c'est du vrai café.
Elle lui décoche son sourire le plus professionnel, mais il la zappe complètement et commence à brancher Jérémy.
Soulagée, elle laisse ses yeux errer sur les plantes vertes, le tableau aux traits colorés, la corbeille et la machine à café.
Une montagne humaine se détache au centre du décor banal.
Liam lui adresse un sourire penaud et la salue discrètement avec sa touillette. Se sentant particulièrement balourde, elle lui répond d'un geste des doigts.
Loin d'être rebuté, il le prend visiblement comme une invitation.
— Bonjourrr.
On dirait Hagrid qui fait son latin lover.

— Bon milieu de matinée, réplique-t-elle avant de se mordre l'intérieur de la joue.

L'Écossais cligne des paupières à plusieurs reprises et porte la tasse de café à ses lèvres pour en boire une gorgée. Il reste au coin de sa bouche une légère trace de crème qu'il retire du bout de la langue.

La pièce disparaît autour de Cendre qui n'entend pas sa question.

— Qu'est-ce que tu fais en gros ? redemande-t-il. Pour le webzine de Dreamcasting ?

— Je m'occupe de gérer le calendrier éditorial et de confirmer les horaires des intervenants quand on a des interviews ou des podcasts. J'organise aussi des concours parfois, je réponds aux mails, je rédige quelques articles, énumère-t-elle, ravie de se sentir sur son terrain. Dans ma vie privée, j'anime aussi un blog de lecture avec un compte Instagram associé.

— Tu lis beaucoup ?

Toujours accaparé par le séduisant Luca, Jérémy lui adresse un pouce en l'air.

— Non ? insiste Liam.

— Hein ? Si, bien sûr. J'avoue que je lis principalement des romances historiques, surtout celles qui se déroulent en Écosse.

— Vraiment ? Et tu es déjà venue dans mon beau pays ?

— J'en rêve. Je passe des heures sur Écossez-moi.com.

Il s'amuse de la voir avec des landes plein les yeux.

— C'est très joli, tu verras, sourit-il. Il y a des odeurs, des sensations, un temps et une pluie qui n'appartiennent qu'à l'Écosse. Granfleur est une ville ravissante aussi. J'ai fait un ERASMUS à Rouen, mais je n'avais jamais fait le déplacement jusqu'ici.

Voyant un Jérémy surexcité échanger son numéro avec Luca, Cendre se lamente de ne pas parvenir à scorer sans en faire toute une histoire.

Gnangnan. Bécasse. Aussi conne que ses romances.

Les mots de Quentin font vibrer son cerveau comme une cloche et elle se réfugie dans les bras imaginaires de Callum MacGregor.

Elle remarque vaguement que Liam se balance d'un pied sur l'autre. Manifestement, il ne sait pas s'il doit l'extraire de sa rêverie ou bien la laisser dans son monde.

Dans cet instant dérobé au temps, elle observe ses joues légèrement mangées par la barbe, ses yeux bleus pétillants et ses avant-bras musclés qui émergent des manches de son pull... Elle ne sait pas pourquoi ce dernier détail de sa personne la fait soudain paniquer.

La situation devient bien trop réelle.

Voyant sa nervosité monter, Jérémy bondit à son secours.

— Cendre est passionnée de littérature. Elle t'en a parlé ? Elle est super connue sur Internet.

— N'exagère pas.

À son grand désarroi, il a attiré l'attention générale. Assia s'écarte de Gérard et d'Ulrike.

— Vraiment ? Tu as une activité en parallèle de ton emploi ? Ton dossier mentionnait simplement que tu es une lectrice assidue.

Jérémy en rajoute une couche.

— Oui, elle gère un des plus grands blogs de chroniques littéraires en langue française et elle a cent cinquante mille abonnés sur son compte Insta.

Avant de pouvoir ressentir l'envie de disparaître sous terre, Cendre est prise à partie par un Luca extatique.

— J'aime beaucoup Instagram. Florence ressort très bien en photo. Avec la couleur ocre des bâtiments et le bleu du ciel, on se croirait dans un tableau. Si tu viens là-bas, Cendre, je t'emmènerai manger un tiramisu typique dans un bon restaurant. Je vais te montrer des photos. *Aspetta.*

Rapide comme l'éclair, il dégaine son téléphone portable et se connecte à son profil. Alors que Cendre admire les images, Jérémy dévisage l'Italien sans la moindre discrétion.

— C'est quoi ton pseudo ? demande ce dernier à Cendre qui le lui épelle. Ouah ! Tu fais des réels pour mettre en valeur les produits ! C'est génial. On en a parlé ce matin, quand on a mentionné la promotion digitale. Et ce tableau ! J'aime beaucoup le bleu, c'est ma couleur préférée.

La jeune femme remercie les dieux pour cette échappatoire.

— C'est une des œuvres de Jérémy, lors de sa dernière expo.

Se souvenant de ce que vient de lui dire Luca sur la lumière italienne, elle fait défiler le carrousel vers une toile qui pourrait l'intéresser :

— Généralement, ses couleurs de prédilection sont l'or et les teintes ocre. Regarde, sous les spots, on avait l'impression qu'un des murs rayonnait comme le soleil.

C'est à Jérémy d'incarner un poisson hors de l'eau alors que toutes les têtes se tournent dans sa direction. Les yeux de Luca courent sur tous les membres du groupe avant de s'arrêter sur lui.

— C'est toi qui as peint ce tableau ? Mais tu n'es pas comptable ?

L'intéressé déglutit de façon audible.

— Jérémy est vraiment doué pour les chiffres, mais il a toujours aimé la peinture, surtout non figurative.

— Ah, c'est comme moi avec la cuisine. J'adore les bons petits plats à l'ancienne. Toi aussi ?

— Euh, oui, répond machinalement le jeune homme qui baisse les yeux vers la main que l'Italien vient de poser sur son avant-bras. La patouille, la fondue et la flamusse, par exemple.

— Jérémy est originaire de Bourgogne, tu sais, explique Cendre à Luca. C'est dans le Nord-Est. Tu connais Dijon ?

— La moutarde ?

— Exactement !

— Et toi aussi, tu es un peu piquant ?

Jérémy s'étrangle sur son café.

Cendre compatit et remercie silencieusement Assia qui vérifie sa montre et annonce à la cantonade qu'il est temps de retourner dans la salle.

Sur le chemin de la poubelle pour recycler sa tasse vide, elle croise le regard de Liam et lui rend son sourire timide.

C'est en allant se rasseoir qu'elle réalise qu'elle a tant apprécié cette conversation qu'elle a oublié de dissocier.

***

Cendre a envie de se fondre dans le décor.

Assia est en train de projeter sur grand écran la page d'accueil de Nozinabook.

Elle a beau avoir des dizaines de milliers de lecteurs, elle ne s'est jamais sentie aussi exposée.

— Deux mille deux cent trente-quatre articles ! s'exclame Luca. Tu as lu deux mille deux cent trente-quatre livres et tu as rédigé une chronique pour chacun ?

— Ce n'est pas seulement moi. Je co-gère le blog avec mon amie Sophie, qui suit une licence en Métiers du livre.

— Ne te rabaisse pas, lui dit Assia. C'est un travail phénoménal. Tu as dû commencer durant tes études et maintenant, tu es employée à temps plein, n'est-ce pas ?
— Oui. J'ai fait un BTS en alternance ici, à Dreamcasting.
— Clique un peu sur cette image, demande Liam en pointant l'index.
— Non !
Trop tard... Le portrait de Carlo est projeté sur le tableau. Son torse dénudé surmonte un kilt coloré. Jérémy dissimule son menton dans le col de son gilet quand Liam affiche une moue dépitée.
— Je vois que les Écossais sont bien représentés. Merci les *stéréotaïpes* ! D'autant que le kilt est une invention moderne.
— Oh, Cendre est au courant, Liam, ne t'inquiète pas !
— Il s'appelle Carlo, non ? dit Gérard en désignant le visage du mannequin.
Cendre n'en revient pas.
— Tu le connais ?
— Ma mère, ma sœur et ma voisine dévorent ce genre de bouquins. J'en ai lu deux ou trois, en congé maladie.
Cendre ne sait pas trop comment le prendre. Les réactions sont moins négatives que ce à quoi elle s'attendait.
— J'aurais quand même honte d'en lire une version papier dans les transports en commun, poursuit Gérard.
Le menton de Jérémy s'enfonce davantage dans son gilet.
Assia reprend la parole.
— Heureusement qu'*Innlander* est moins kitsch que certains romans Fantasifemme.
— Oh là là ! marmonne Jérémy. Elle a insulté Fantasifemme. Notre Cendre va entrer en ébullition.

Toute timidité oubliée, celle-ci part d'un rire mélodieux.
— Je suis consciente que ça déborde de clichés... mais ça me parle.

— C'est bien de savoir ce qu'on aime, dit Assia avec un regard entendu, ce qui nous plaît et, en miroir, ce qui nous fait défaut et qu'on recherche.

Sans laisser à Cendre le temps de digérer ce qu'elle vient de dire et de l'appliquer à son attirance pour les Écossais, la formatrice referme l'onglet qui affichait Nozinabook et projette une nouvelle diapo.

Alors que Liam ne la quitte pas des yeux, Cendre s'affaisse contre le dossier de sa chaise. Sous la table, Jérémy lui serre discrètement la main d'un geste encourageant.

Chapitre 10

Jeudi 7 décembre, Livrindigo

— Alors, comment ça se passe avec Callum ?
Liam l'accapare tellement depuis quatre jours qu'elle ne percute pas immédiatement quand Tiphaine lui pose cette question. Elle reprend ses marques quand le scanner d'articles de Marjo émet une série de bips irrités.
— Euh, très bien. Sauf que je n'aurai certainement pas le temps de finir ce livre cette semaine et que je vais lui faire des infidélités avec le nouveau Gladys McIntyre.
— *Sur des chardons ardents* ? Officiellement, il sort demain. J'en ai reçu tout un stock.
Le sourire de Cendre s'estompe quand elle remarque que le visage de son amie est plus blafard qu'à l'ordinaire sous sa chevelure bleue.
— J'ai une tête de déterrée ?
— Non, la rassure Cendre en posant une main amicale sur son bras. C'est juste que je te trouve super fatiguée en ce moment.
Confrontée à un silence malaisant, elle essaye de meubler.
— Jérémy aussi. À part hier où il a pu se moquer de moi et de mon obsession pour Carlo, ça faisait longtemps que je ne l'avais pas vu rire…
Sa voix meurt quand elle remarque que Tiphaine brasse de l'air pour tenter de dissimuler ses larmes.
— Tout va bien ?
La libraire s'immobilise et relève la tête.
— Tu veux qu'on aille boire un thé dans la réserve ? J'ai envie de te parler d'un truc.

Elle adresse un signe discret à son assistante et précède Cendre dans l'arrière-boutique.

Les murs gris de la minuscule salle de pause disparaissent derrière des piles de cartons à moitié défoncés. Il y a à peine la place pour une kitchenette, un combi frigo-congélo et une table entourée de quatre chaises pliantes.

Tiphaine affiche un sourire espiègle.

— On est en retard sur le recyclage.

Avec des gestes saccadés, elle enclenche la bouilloire, sort deux tasses et prépare une assiette de biscuits. Cendre se focalise sur l'ancre tatouée sur son annulaire gauche en guise d'alliance.

Une fois qu'elles se sont installées, Tiphaine prend une grande inspiration avant de se lancer.

— La maison mère n'a pas encore fini de payer l'hypothèque de notre local et un investisseur a proposé de racheter notre crédit pour fusionner avec l'emplacement d'à côté.

Les rouages dans la tête de Cendre tournent lentement.

— Tu veux parler du café qui vend des chocolats chauds italiens ?

— Qui était autrefois un snack à paninis…

— Et la fois d'avant, une petite crêperie-brasserie ?

— Je n'ai jamais vraiment eu le temps de sympathiser avec les gérants, parce que ça change constamment d'enseigne et que personne ne reste.

Cendre se frotte les tempes du bout des doigts.

— Donc, ce n'est pas Livrindigo qui veut agrandir ton antenne pour l'étendre à côté… Oh non !

La mine attristée de Tiphaine confirme ses craintes.

— Mais alors, ils comptent vous faire déménager ?

— C'est bien ça le problème. L'enseigne trouve qu'on ne fait pas assez de chiffre pour justifier l'occupation d'un espace aussi vaste, d'autant qu'on réalise majoritairement des ventes en ligne.
— Ils ne vont quand même pas fermer définitivement la librairie ? Tu vas perdre ton travail ?
— Non, ne t'inquiète pas. Un local va se libérer dans le centre commercial de l'avenue Alphonse-Allain. Juste à côté de PozCafé.

Le nom de la fameuse chaîne française inspirée par le géant américain fait frissonner Cendre.
— Ce sera une boutique de la même taille ?
— Non. Elle fait le tiers de notre surface actuelle !
— QUOI ?

Tiphaine hoche la tête d'un air abattu en fermant les yeux.

— Ils veulent sucrer la littérature du monde et une bonne partie des manuels scolaires hors périodes de rentrée et d'examens. Le reste serait réduit, à part les espaces jeunes, manga et bande dessinée. On développerait aussi les accessoires de *fandom*, tu sais ? Les petites statuettes, les stickers, les objets de papeterie dérivés, tout ça...

Cendre songe avec tristesse à Mme Michel, son instit de maternelle qui n'aura plus le plaisir de flâner au rayon traduction afin d'y découvrir des auteurs improbables.

— Ils ont dans l'idée d'engager un partenariat avec le café ou de carrément racheter leur local pour le leur relouer après avoir abattu une cloison. Ils veulent créer un de ces cafés-librairies où les jeunes peuvent venir lire des mangas devant un latte et un muffin.

Tiphaine se prend la tête dans les mains et Cendre pose une paume rassurante sur son avant-bras.

— Le concept ne serait pas si mal si c'était un projet original, mais là, ils vont te sucrer la moitié de la boutique.

— Ils pensent que ça n'aura que peu d'incidence sur les ventes en ligne, surtout pour les habitants des petites bourgades qui entourent Granfleur, vu qu'on n'y a pas de concurrent, de toute façon. Ils miseront sur de la publicité et des actions marketing sur Internet afin de promouvoir les sorties. Ça évitera aux acheteurs de se déplacer.

Cendre cligne lentement des paupières.

— Ça veut dire que vous ne mettrez plus les romances et les livres historiques en avant, alors ?

— Je ne sais pas si j'en recevrai autant qu'avant, dit Tiphaine en la regardant dans les yeux. Je n'ai pas envie de me séparer de toi en tant que partenaire. J'aime bien nos petits réels ensemble. Et puis ça me génère du passage et du chiffre.

Elle s'interrompt en voyant que le cerveau de Cendre a l'air de turbiner à toute allure.

— Il est sain, le local d'à côté ?

Tiphaine est déboussolée.

— Je ne sais pas, pourquoi tu me demandes ça ?

— On est d'accord que ça fait des années qu'aucun business ne tient dans le temps à cet endroit ?

— C'est vrai... mais c'est aussi parce que les autres établissements de la zone piétonne sont beaucoup plus sympas et possèdent des terrasses.

— Mais si vous fusionniez les deux locaux ?

— Comme veut le faire l'investisseur ?

— Non, explique Cendre. Si Livrindigo montait son projet de café BD ici en rachetant l'espace d'à côté, l'enseigne ferait d'une pierre deux coups.

Tiphaine a l'air d'y réfléchir.

— Mais ils me reprochent déjà de ne pas faire assez de chiffre.
— Certes, mais là, vous recevriez directement les revenus du café sans passer par un partenariat avec une autre marque et vous pourriez organiser des *events* à moindres frais. Après, à toi de voir si tu te sens capable de gérer un espace café et quelques employés en plus.
Une vingtaine de secondes s'écoulent dans le silence.
Très pâle, Tiphaine pose une main crispée sur son ventre.
— Je t'avoue que je n'y avais pas songé. Je suis si fatiguée en ce moment !
— C'est le stress d'avant Noël et cette nouvelle qui te tombe sur la tête, l'encourage Cendre. Je suis certaine que si tu faisais une proposition dans ce sens, tu te sentirais mieux. Même si c'est un coup pour rien, au moins, tu auras essayé. Ils sont vraiment venus visiter la ville pour faire leur étude de marché ?
— Oui, ils m'ont envoyé quelqu'un pendant *deux* jours l'été dernier.
— Super !
Cendre prend quelques secondes pour réfléchir et le buzz du vlog avec Gemini Aman lui revient à l'esprit.
— Avec les fêtes, tu vas générer plus de chiffre quoi qu'il arrive. Ça te dirait qu'en plus, on organise des événements et qu'on filme des réels pour te faire de la pub et soutenir ta cause ?
Tiphaine lève les paumes.
— Attends un peu. Je ne suis pas encore en conflit ouvert, alors je n'ai pas envie que ça s'ébruite. Cela dit, je vais écouter ton conseil et rédiger une contreproposition dans la soirée, même si ça me prend la nuit entière. Je l'enverrai demain matin.

Elle est toujours aussi pâle, mais une lueur se ravive dans ses prunelles.
— Merci. Tu me redonnes espoir.

***

Sophie : Pardon ? PozCafé ? C'est déjà décidé ? On ne peut pas protester ?
Cendre : Tiphaine monte un dossier. On en saura plus dans quelques jours. Tiens-toi prête à lui faire de la pub.
Sophie : Bien reçu, *Ash*. On n'a pas 150 000 followers pour rien :)

Chapitre 11

Vendredi 8 décembre, Dreamcasting

Le soleil qui vient de remporter son combat contre l'averse filtre faiblement par les fenêtres.

Cendre suspend son manteau légèrement humide au crochet.

Après un bref salut à la cantonade, elle reprend sa place entre Jérémy et Luca.

Liam porte un nouveau pull bleu.

Du coin de l'œil, elle constate qu'il ne s'est pas rasé. Sa barbe plus drue flamboie autant que ses cheveux.

— ... je vous demande donc de bien faire attention aujourd'hui, déclare Assia, puisque ça vous donnera des pistes pour votre exercice final du vendredi 22.

Derrière son pupitre, la formatrice les contemple avec son maintien caractéristique. Cendre lui envie la coupe parfaite de son tailleur-pantalon qui n'affiche pas un faux pli. Cintré, il est rehaussé par un pendentif en forme d'hirondelle.

— Vous présenterez le projet que vous aurez créé en binôme au cours des deux prochaines semaines. Pour une fois, nous sommes en nombre pair. Profitons-en !

Avec un hochement de tête vigoureux, Luca attire l'attention de Jérémy et fait danser un index entre eux. Cendre percute avec un temps de retard qu'elle avait complètement zappé cette histoire-là dans le descriptif de la formation.

— Un comité jugera votre maquette de projet, poursuit Assia. Je vous rappelle que Dreamcasting est en mesure de débloquer des fonds pour une mise en application si le concept est prometteur.

Paniquée, la jeune femme fait courir son regard sur les participants.

Luca et Jérémy se sont choisis.

Il lui reste donc à piocher entre Ulrike, la déesse vivante, Gérard, le haussement de sourcils ambulant, et...
— Cendre ? C'est d'accord ? Tu veux bien travailler avec Liam ?

Son sourire crispé la fait ressembler à l'âne de Shrek qui aurait mordu dans un citron.

Loin d'être choqué, Liam lui adresse un petit salut de la main puis tire sur son pull d'un geste nerveux. Sous sa barbe, sa joue se creuse d'une délicieuse fossette et Jérémy soupire très fort.

Assia reste imperturbable.
— Aujourd'hui, on va parler de branding digital.

***

Les sourcils de Gérard dansent la gigue.
— Perso, je suis très content de ma partenaire.

Si Cendre trouve son ton légèrement condescendant, Ulrike n'a aucune réaction négative. Près d'elles, Jérémy affiche un sourire radieux qu'on ne lui a plus vu depuis des semaines.
— Vous avez déjà des idées ? s'enquiert Luca qui lui tend une boisson chaude.
— Pas vraiment, non, se désole Ulrike. On est tous les deux chefs de projets multimédias, mais je m'intéresse au brainstorming et à la collecte des ressources tandis que Gérard préfère gérer les workflows. Je ne sais pas comment on va fourrer la com' là-dedans.

Gérard redevient sérieux.

— Impossible de créer un système fonctionnel sans poser les bonnes questions et récolter de la data adéquate. On pourrait peut-être creuser le sujet.

— Nous assurer de recueillir des rétroactions pertinentes en misant sur une communication impactante ?

Si l'Autrichienne semble amusée par son propre jargon, Cendre est dépassée par l'idée de travailler avec Liam puis de passer devant un jury composé de membres du personnel administratif de la boîte... y compris la cheffe comptable, c'est-à-dire Pauline.

Depuis plusieurs jours, elle se sent plus légère et pénètre dans les locaux sans avoir de boule au ventre.

Pas besoin de regarder constamment par-dessus son épaule.

Pas de sensation d'être épiée ou de remarque désagréable lancée en public.

Aucune obligation de se justifier au quotidien.

Personne pour l'appeler « mademoiselle Bébert ».

En fait, le projet qu'elle voudrait mettre à exécution, ce serait de faire virer Pauline.

Alors qu'elle sent poindre une étincelle de rébellion, elle se rend compte que les lèvres de Liam bougent et qu'il s'est rapproché d'elle.

L'odeur de son après-rasage s'infiltre dans ses narines.

— ... l'exercice.

Cendre sursaute.

— Pardon ?

— Je te demandais si tu avais des idées pour l'exercice.

— Je ne sais pas, soupire-t-elle. J'ai dû mal lire la brochure. Je n'avais pas calculé qu'on allait devoir travailler avec quelqu'un d'autre.

— Ça te dérange ?

Il a l'air si dépité qu'elle se mord la lèvre.

— Pas du tout. Je n'ai juste pas très envie de passer devant le jury.
— Ah bon ? Ils ne sont pas commodes ?
— Pas vraiment.

Ses yeux bleus la scrutent et elle se fait violence pour ne pas y plonger et y nager pendant des heures.

— Il faudrait qu'on se retrouve de temps en temps après le travail au cours des deux semaines qui viennent, dit-il. On pourrait se voir dès demain.

La présence imposante de Liam l'envahit comme une vague de chaleur et elle ne sait plus où se mettre.

Ce Highlander-là est bien réel !

Elle déglutit si fort que le bruit résonne contre les murs du couloir.

— Si tu veux, poursuit-il, on peut échanger nos numéros tout de suite. Donne-moi le tien et je te fais sonner.

Il repêche son portable, minuscule entre ses énormes paluches, et enregistre les coordonnées qu'elle lui fournit d'une voix tremblante. Quelques secondes plus tard, elle sent son propre mobile vibrer dans la poche de son pantalon.

Elle est alors interpellée par une pression dans sa vessie.

— On fait comme ça. Tu m'excuses une minute ?

Liam acquiesce et cligne des paupières comme si lui aussi émergeait d'un rêve.

Si elle laisse le moment se prolonger, elle va commencer à se l'imaginer en *breacan*.

Dans sa fuite, elle emboutit au passage une plante verte qui la déséquilibre.

— Ça va ? demande Jérémy.
— Parfaitement, je passe juste aux toilettes avant de poursuivre l'atelier. Déjà que c'est un peu compliqué, si en plus j'ai envie de faire pipi, ça ne va pas le faire.

Déboulant dans le couloir à vitesse grand V, elle entend dans son sillage l'éclat de rire de Luca.
Heureusement, l'endroit est vide. Elle est libre de courir vers un lavabo pour se passer de l'eau sur le visage.
La réalité et moi, ça fait deux, se désole-t-elle.
Elle n'arrive toujours pas à croire qu'elle va troquer les puissants Highlanders en kilt de ses Fantasifemme pour de véritables rendez-vous avec Liam.
Après avoir écarté une mèche de cheveux d'un souffle énergique, elle sort son portable et compose un bref texto pour Sophie.

Cendre : J'ai RDV après le travail avec l'Écossais.

La réponse est instantanée.

Sophie : Tu l'as déjà acheté ???
Cendre : Quoi ?
Sophie : *Sur des chardons ardents*. Le dernier Gladys McIntyre ! C'est aujourd'hui qu'il sort chez Fantasifemme, non ?

Tiphaine lui en avait parlé la veille. Elle avait complètement zappé !

Sophie : La couverture est top, tu vas adorer :)

En quelques clics, Cendre se connecte à la boutique en ligne de Livrindigo, entre le titre dans la barre de recherche puis clique sur la photo de couverture pour l'agrandir.
Chose inédite, les abdos perlés d'humidité de Carlo ne lui font aucun effet.

À la place du visage du mannequin italien mythique dans la peau du héros, elle voit celui de Liam avec son expression franche.

Chapitre 12

Un coup à la porte interrompt le compte-rendu de la journée. Jean-Marc glisse la tête dans l'entrebâillement.
— Désolé de vous déranger. Poin... Mme Leclerc m'envoie dire à Cendre d'aller s'entretenir avec elle dans son bureau quand l'atelier sera fini. Ne t'inquiète pas, ajoute-t-il en la voyant paniquer. C'est juste pour te demander si tout va bien. Par contre...
Il déglutit et remonte ses lunettes sur son nez afin de se donner une contenance.
— Jérémy, toi, tu dois passer voir... Pauline.
Alors que Jean-Marc referme la porte d'un air désolé, la température chute de plusieurs degrés dans la salle de formation.
Jérémy se met à se ronger l'ongle du pouce.
— J'ai rencontré Mme Richard, commence Assia, clairement embarrassée, et... eh bien...
— Elle nous fait vivre un enfer, l'interrompt Cendre.
— Effectivement, elle a l'air de mener son département à la baguette. Département dont tu ne fais pourtant pas partie, Cendre. Ta réflexion me surprend donc un peu.
Assia coule un regard en douce au jeune homme qui range ses affaires dans sa besace avec des gestes saccadés. Luca se tord nerveusement les mains et même la chaleur générée par Liam perd le combat contre le crépuscule qui assombrit les fenêtres.
— Je vais y aller tout de suite pour qu'elle ne me reproche pas d'être en retard.
Jérémy s'éclipse avant qu'Assia, désemparée, n'ait eu le temps de le retenir. Cendre la rassure.

— Je l'attendrai à la sortie pour être certaine que tout se soit bien passé.

Pour le ramasser à la petite cuillère.

Peu convaincue, la formatrice les libère.

Cendre s'empare de sa besace et court vers la porte. Quand elle ne ressent pas la moindre excitation en voyant Liam mimer un appel téléphonique, elle se dit que la méduse détruit vraiment tout sur son passage.

Un étage plus bas, elle s'engouffre dans l'*open space* qui lui est familier depuis deux ans et demi.

Étrangement, les derniers jours ont été si riches en rebondissements qu'elle a l'impression de revenir d'un long voyage dépaysant.

Au bout de la pièce, elle aperçoit Pointy à travers la vitre de son bureau. Celle-ci a déjà troqué ses escarpins contre une paire de baskets en cuir souple.

Le contraste avec son tailleur cintré haut de gamme est cocasse.

— Ah, mademoiselle Hubert. Asseyez-vous un instant. Je vais éteindre mon ordinateur.

Cendre se pose du bout des fesses sur la chaise en vis-à-vis.

— Je voulais vous demander si la formation se déroule bien. J'ai reçu des félicitations de Mme Hayat qui est très impressionnée par votre activité d'influenceuse sur Internet.

Elle trouve étrange d'entendre désigner Nozinabook sous ces termes.

— Elle avait reçu le profil des candidats retenus avant que vous ne connaissiez un boom quand votre vidéo avec Gemini Aman est devenue virale. Bonne initiative, d'ailleurs, même si la direction aurait préféré que vous les préveniez.

Cendre est assaillie par les souvenirs de cette journée. Son étourdissement en découvrant la foule, les flashes, les policiers, ses parents venus en renfort. Plus tard, il y avait eu le reportage sur France 3 Régions grâce à l'équipe qui avait débarqué en urgence alors qu'Elvire Moulin installait le trépied. Mamie Claudile avait découpé et collé dans son album les articles dans les journaux locaux et Nozinabook avait gagné des dizaines de milliers d'abonnés en quelques semaines seulement.

Elle avait cru que la spirale du succès ne s'arrêterait jamais.

— Désolée, mais je vous avoue que ça avait complètement échappé à mon contrôle. Dans ma tête, on allait simplement caler le téléphone sur un trépied et présenter quatre ou cinq livres en toute discrétion.

Pointy lui répond par un sourire bienveillant.

— Revenons à la formation. Je suis contente d'apprendre que vous ne vous êtes pas mise en binôme avec M. Sol.

Cendre met une seconde à capter qu'elle parle de Jérémy.

— Je vois que vous êtes avec M. McKellen.

Si seulement…

— On m'a rapporté qu'il est ingénieur système, mais qu'il songerait à une éventuelle reconversion dans le design. En tous les cas, ça doit être agréable pour lui de savoir que vous parlez anglais couramment, même si son français est irréprochable.

Habituée à ce que sa sœur et Pauline la matraquent à l'envi, Cendre ne sait pas comment gérer le compliment et elle se fige.

— Être bilingue est un atout aussi indéniable que votre profil d'influenceuse.

Encore une fois, elle essaye de ne pas tiquer alors que Pointy poursuit son discours.

— Nozinabook représente une initiative extraordinaire pour quelqu'un d'aussi jeune. Dreamcasting tient à encourager les profils intéressants comme le vôtre.

— M-Merci. Je ne sais pas quoi dire.

— Je serai membre du jury, le vendredi 22. Nous sommes parfaitement en mesure de débloquer des fonds pour financer une idée d'envergure *internationale*.

Elle appuie sur le mot.

— J'ai assez d'influence pour faire barrage aux éventuelles objections de notre cheffe comptable.

Une compréhension tacite s'installe entre elles.

— Merci de croire en moi, souffle Cendre qui aurait tellement aimé pouvoir adresser ces paroles à Mathilde.

— Je vous en prie. Maintenant, dépêchez-vous. Vous arriverez peut-être à rattraper M. Sol à sa sortie du bureau de Mme Richard.

Ayant parfaitement saisi l'allusion, la jeune femme file dans l'*open space*, mais se fait alpaguer par Jean-Marc qui l'entraîne un peu plus loin.

— J'ai reçu un message d'un mec de la compta. Jérémy a quitté Pauline très affecté et il est parti à toute allure.

— Quoi ? Quand ?

— Il y a moins d'une minute.

— Je peux encore le rattraper ! Merci.

La dernière chose qu'elle voit avant de s'engouffrer dans la cage d'escalier est le regard inquiet qu'échangent Jean-Marc et leur cheffe qui est venue le rejoindre.

Assaillie par la crainte que Jérémy fasse une connerie, elle descend les trois étages comme une fusée et déboule dans le vestibule.

Peine perdue, l'endroit est quasiment désert.

Au desk, le réceptionniste a déjà revêtu un manteau et un bonnet en laine. Il se penche pour donner des instructions à l'agent de sécurité qui prend la relève en soirée.

— Markus, excusez-moi. Auriez-vous vu Jérémy Sol ? On m'a dit qu'il est parti en urgence.

— Il est toujours marqué comme présent, s'interpose le vigile après avoir pianoté sur son clavier.

— Effectivement, je ne l'ai pas vu sortir, confirme Markus. Vous êtes certaine qu'il est passé par ici ?

— Non. On m'a simplement dit qu'il est parti précipitamment et comme il n'a pas de voiture, c'est généralement la seule issue qu'il emprunte.

— Il est peut-être passé aux toilettes, suggère le vigile.

Cendre sent la panique monter.

— Venez, on va vérifier, dit Markus. On va commencer par celles du rez-de-chaussée.

— Ça ne vous dérange pas ?

— Absolument pas, tant qu'on fait vite. Je ne peux pas quitter mon poste si je sais qu'un employé a disparu.

Impressionnée par son assurance, elle lui emboîte le pas.

Il la précède jusqu'à l'espace toilettes situé dans un renfoncement de la pièce et glisse la tête dans l'encadrement de la porte.

— Jérémy, tu es là ?

Surprise qu'ils se tutoient, Cendre perçoit un gros sanglot suivi d'un reniflement.

Markus disparaît à l'intérieur. La porte bat à deux reprises puis il repasse la tête dehors.

— Vous venez ?

— Ce sont les toilettes des hommes. Je ne sais pas si je peux.

— Allons. Il n'y a personne d'autre et la Chambre des Secrets avec le Basilic mortel, c'est plutôt de votre côté.

Reconnaissante de sa tentative pour détendre l'atmosphère, Cendre se glisse prudemment à l'intérieur. À part pour les trois urinoirs situés près des lavabos, la pièce aux carreaux bordeaux n'est pas différente de ce à quoi elle est habituée du côté des femmes. Un redoublement de sanglots dramatiques s'échappe d'une cabine.
Elle s'en approche.
— Jérémy, ça va ?
Le verrou cliquette et la porte s'entrouvre. Seule une main en sort comme dans un film de vampires.
— Cendre ? Qu'est-ce que tu fais dans les toilettes des hommes ?
— Je te cherchais. Je viens de finir mon entretien avec Pointy et on m'a dit qu'on t'avait vu partir...
— Non, je suis là.
Cendre et Markus échangent un regard impuissant.
— Tu veux bien sortir ? demande ce dernier. J'aimerais savoir que tu vas bien avant de filer en répétition.
La jeune femme se précipite pour soutenir son ami quand il émerge en titubant de la cabine. Il a les traits défaits et les grosses larmes qui lui détrempent les joues font impression sur Markus.
— Viens te passer de l'eau sur le visage, dit-il lentement. Tu veux que j'aille te chercher une boisson chaude ?
— Non, merci. Je vais me débarbouiller un peu avant de rentrer.
Markus accroche le regard de Cendre dans le miroir et secoue imperceptiblement la tête. Captant le message, elle prend Jérémy dans ses bras et lui caresse les cheveux.
— Tu n'as pas plutôt envie de passer le week-end chez moi ? Je suis en train de développer un plan média pour sauver Livrindigo. Tu pourras m'aider à trouver des idées.

— Livrindigo a des ennuis ?
— Euh, c'est un peu compliqué. Je t'expliquerai.
— Je vais vous commander un taxi sur le compte de la boîte, dit Markus qui s'éloigne pour leur offrir un peu d'intimité.
— PARDON ?

Cendre rougit quand sa voix résonne contre le carrelage du mur, évoquant le volume assourdissant de celle de Mamie Léontine.

— C'est réglo ; j'appelle notre compagnie habituelle. Vous passerez chez lui pour prendre quelques affaires puis la voiture vous déposera à votre domicile. C'est quoi, votre adresse ?

Elle la lui fournit rapidement et Markus part regagner son desk.

Jérémy laisse retomber sa tête d'un air penaud.
— Elle t'a démonté ?
— Pas particulièrement, mais je suis tellement à vif à cause d'elle depuis des semaines que je ne parviens plus à me contrôler.

Cendre le serre dans ses bras en lui tapotant le dos.

Quand il s'écarte, il renifle une dernière fois et s'efforce de sourire.

— Qu'est-ce qui se passe avec Livrindigo ?
— Tu as une opinion sur PozCafé ?
— C'est plus du sucre liquide que du café. Pourquoi ?
— Ce que je vais te révéler va sans doute t'indigner, alors.

Chapitre 13

Samedi 9 décembre, zone piétonne

Depuis qu'ils ont quitté l'arrêt de tramway, Jérémy a les yeux braqués sur son téléphone.
— À qui tu envoies des SMS comme ça ? Tu as failli t'encastrer dans une bitte à l'entrée de la zone piétonne.

Poussant un éclat de rire tonitruant, le jeune homme s'emmêle les pieds et se rattrape de justesse pour éviter de s'effondrer, entraînant Cendre au passage.
— Ça s'appelle un potelet, ma grande. Une borne, à la limite !
— J'ai pourtant déjà entendu ce mot.
— Sur un quai, certainement ; pas en centre-ville.

Un nouveau SMS lui fait tendre le cou. Soudain, il agite le bras.
— À qui tu… ? Oh !

Un homme vêtu d'un jean sous un manteau en laine patiente devant Livrindigo.

Sans son costume cintré impeccable, Cendre met quelques secondes à reconnaître Luca.
— Il était temps que vous arriviez, dit l'Italien quand ils le rejoignent. Vous les Français, vous êtes tellement chauds que je me suis déjà fait draguer deux fois en cinq minutes. Cendre, tu es magnifique. L'essence même de la féminité.
— Ah, merci.

Elle a enfilé une vieille robe à fleurs sur des collants à torsades roses.
— Jérémy !

Celui-ci devient écarlate quand deux bras musclés l'étreignent.

Cendre devine qu'elle est bonne pour tenir la chandelle.

— Je ne savais pas que tu venais, dit-elle à Luca qui lui ouvre la porte.
— Hier soir, Jérémy m'a parlé par texto des problèmes que rencontrait ton amie avec sa librairie. Alors on s'est tous dit qu'on allait passer acheter quelques petits trucs pour l'aider un peu.
— Merci ! C'est très gentil... Comment ça, *tous* ?
Son regard balaye l'intérieur de la boutique, s'arrêtant sur Marjo qui est en train d'encaisser Assia. À côté d'elle, Gérard porte déjà un sac rempli de livres.
S'ils sont là, alors peut-être que...
Un accent bourru la fait frissonner.
— Salut, Cendrrrre.
— Bonjour, Liam.
L'immense Écossais tient à la main *Contes du jour et de la nuit* de Maupassant.
— J'ai pensé que je pourrais lire des textes normands tant que je suis en France.
— Alors tu vas vraiment aimer, même si la langue est un peu vieillotte.
Plongeant dans les prunelles bleues de Liam, Cendre sent la librairie s'estomper autour d'elle... jusqu'à ce qu'Ulrike apparaisse dans son champ de vision. Portant un pull-over d'une blancheur immaculée, l'Autrichienne pose une main délicate sur le bras du jeune homme.
— Regarde ce que j'ai trouvé. Oh, bonjour !
Cendre a l'impression que son cœur se brise en mille morceaux.
Ulrike a dû l'entendre résonner dans le silence, car elle retire sa main comme si elle s'était brûlée et rosit légèrement.
— Je viens de trouver ce manuel d'origamis, dit-elle en brandissant son livre. Je me marie dans un peu moins de

deux ans et on cherche des idées pour décorer les tables. Alors, euh…

Jérémy vole à son secours.

— Félicitations ! Je ne savais pas que tu étais fiancée. Mais, il est Français ? Tu parles super bien la langue.

— Non, il est Autrichien, comme moi. Mais quand j'étais plus jeune, je faisais de l'équitation et on se rendait souvent en Suisse ou en France pour les compétitions.

Cendre se sent très bête, d'autant que Liam ne l'a pas quittée du regard.

Elle entend à peine Gérard et Assia qui se sont approchés pour les saluer.

— Bonjour, dit cette dernière. On est venus apporter notre pierre à l'édifice pour aider la patronne.

— On a prévu de créer un plan média pour faire du bruit en surfant sur la popularité de Nozinabook, dit Jérémy. Cent cinquante mille followers, ce n'est pas rien.

— C'est une bonne initiative. On reviendra si vous organisez un événement.

Ulrike désigne les caisses.

— Vous retournez à l'hôtel ? Vous m'attendez le temps que je paye mon livre ?

Assia hoche le menton alors que Gérard ne décolle pas les yeux de son ouvrage de jardinage. Elle est obligée de lui attraper le bras pour le remorquer vers la sortie.

Cendre se retrouve seule avec les trois garçons.

— Liam, tu veux nous aider à trouver des idées ? propose Jérémy.

— Bien sûr.

Sa voix fait lever la tête à Tiphaine, qui remise des documents derrière le comptoir, et elle vient les rejoindre.

— Bonjour ! Bienvenue chez Livrindigo.

Elle rend à Luca son sourire Colgate puis sa tête bascule en arrière pour dévisager le colosse roux avec un intérêt que Cendre trouve impudique.

— Bonjourrr.

Tiphaine se fige comme dans un film expressionniste allemand.

— J'ai cru que vous étiez de la même famille, souffle-t-elle à Cendre.

— Non, absolument pas. Liam participe à une formation professionnelle avec les gens que tu as rencontrés aux caisses, Jérémy et Luca, qui est originaire de Florence.

Ils se serrent rapidement la main.

— Liam vient du Dreamcasting d'Édimbourg.

Les deux femmes échangent un long regard entendu qui parle de landes battues par le vent et de la plastique irréprochable de l'acteur d'*Innlander*.

— Alors, Liam, tu es venu visiter ma librairie ?

— Non… je suis seulement venu accompagner Cendre… enfin, *Luca* qui nous a dit que Cendre comptait lancer un plan d'action pour t'aider à sauver ton établissement.

Sa voix porte à travers le local et plusieurs clients, choqués, tournent la tête vers eux.

Voyant Liam devenir écarlate, Tiphaine rattrape le coup et s'exprime dans un faux murmure afin de se faire entendre de tous.

— La nouvelle ne sera rendue publique que lundi, mais on peut déjà commencer à trouver des solutions. Vous voulez m'accompagner dans l'arrière-boutique ? J'ai nettoyé la salle de pause et je vais nous dégotter un siège en plus. Marjo ? Tu te charges du *floor* ? Je passe en réserve.

S'emparant au passage d'une chaise pliante qu'elle tire d'un placard, elle escorte le petit groupe vers la réserve.

Alors que tout le monde s'installe, Cendre enclenche la cafetière et la bouilloire, puis elle sort des tasses et prépare une assiette de biscuits. En observant Liam à la dérobée, elle voit que la chaise menace de céder sous son poids.

— Je vous ferai remarquer que j'ai recyclé assez de cartons pour qu'on puisse apercevoir les murs, plaisante Tiphaine qui extrait de la poche de son gilet un carnet et un crayon.

La salle de pause est à présent si bondée qu'elle n'a pas l'air d'avoir gagné le moindre mètre carré pour autant.

Alors que Cendre tend le bras pour faire le service, le regard de Liam accroche le sien et elle a l'impression de plonger dans une immensité bleue.

« Dame Cendre », susurra le fier guerrier scot au torse musclé, « en ce jour béni de nos épousailles, je place sur vos épaules le manteau aux couleurs ancestrales de mon clan et vous jure amour, fidélité et protection ».

Des larmes de bonheur pétillèrent dans les yeux noisette de dame Cendre qui contempla avec émotion le visage mangé par la barbe de son aimé. Après les nombreuses aventures qui avaient failli les séparer, son idylle avec le séduisant chef de clan scot se concluait enfin par un maria...

— Ma saucisse, fais attention, tu vas tout renverser à côté.

La voix de Jérémy l'arrache violemment à sa rêverie et pour une fois, elle lui en veut d'interrompre son doux fantasme. Elle remplit les tasses avec un soupçon d'irritation puis ôte son manteau.

La voyant batailler pour retirer une manche, Liam se redresse, manquant de heurter le plateau de la table avec les genoux. Il saisit le vêtement par les épaules et le lui tient le temps qu'elle arrive à s'en extirper. Quand il se rassied, elle remarque que Jérémy dissimule son sourire amusé derrière sa tasse de thé.

Le silence s'instaure, seulement brisé par le bruit de la porcelaine et un petit son de contentement de la part de Luca. Il n'a pas encore enlevé son manteau et garde les mains autour de sa tasse.

— Merci pour la boisson chaude. Je n'ai pas l'habitude de ce genre de températures.

— Je t'en prie, répond Tiphaine.

— Tout va bien ? reprend l'Italien en plissant les sourcils. Tu es très pâle.

— C'est le stress.

Elle se passe le revers des doigts sur le front, dérangeant sa frange roulée qu'elle rajuste d'un mouvement expert avant de s'éclaircir la gorge.

— Bon, merci à tous d'être venus. Si vous ne connaissez pas encore tous les détails, je m'appelle Tiphaine Mercier et depuis plus de trois ans, je suis gérante de cette antenne de la chaîne de librairies Livrindigo, présente dans plusieurs pays francophones. Un investisseur a proposé de racheter notre crédit immobilier en cours parce qu'il veut fusionner ce local avec celui d'à côté, qui est conçu pour la restauration. La maison mère envisage de miser principalement sur les ventes en ligne et de nous faire déménager vers une surface plus réduite en centre-ville. Ils ont l'intention de nous jumeler au PozCafé attenant pour en faire une sorte de café BD ciblé sur la jeunesse.

Luca frissonne.

— PozCafé ? s'enquiert Liam.

— C'est une chaîne de… cafés inspirée par la grande marque américaine, dit Cendre en mimant des guillemets avec les doigts.

— Oh. Les boissons qui contiennent plus de sucre que de liquide ?
Tiphaine affiche un air affligé.
— Ce n'est pas ça qui m'inquiète le plus. La zone piétonne est fantastique pour faire du chiffre le week-end. Je pensais qu'on avait un bon rendement...
La voyant trop désemparée pour s'expliquer, Cendre prend le relais.
— J'ai donné l'idée à Tiphaine de proposer à la maison mère de racheter le local d'à côté pour qu'ils puissent gérer leur propre petit café ici, dans les espaces déjà existants. Elle a fait valoir que l'étude de marché n'avait pas pris en compte tous les critères et que la visite de l'expert avait été trop courte. Elle a envoyé un dossier, mais on lui a répondu qu'il était peu probable que l'investisseur se rétracte. La nouvelle sera annoncée dans les journaux de lundi afin de sonder la réaction de la population locale.
— C'est là qu'on intervient ! s'exclame Jérémy.
— Oui, répond Tiphaine, mais c'est important de ne lancer aucune action avant l'annonce officielle. Promis ?
Ils réagissent tous par des hochements de tête.
— D'abord, poursuit-elle, je vais créer une pétition en ligne et la diffuser au maximum à tous mes contacts dès lundi. Je ne peux pas utiliser la liste des abonnés à la lettre d'information de Livrindigo, mais les commerces des environs pourront nous faire de la pub.
— Il faudra aussi cibler les assoces étudiantes, les clubs culturels et les établissements éducatifs de toute la région, dit Jérémy.
— C'est un sacré boulot... soupire Cendre.
— En effet, acquiesce Tiphaine, mais si on s'y met à plusieurs pour compiler une liste de contacts, ça ira plus vite. Je pourrai gérer les envois et les réponses pendant la pause-déjeuner ou après le travail.

— Je crois que ce serait bien si on pouvait déjà se réunir dans un espace virtuel, dit Luca, toujours passionné de technologie. Si tu as un ordinateur portable, je pourrais ouvrir un dossier sur Google Docs, inviter tout le monde et créer des fichiers Excel.

Tiphaine écarquille légèrement les yeux et sourit.

— Je reviens tout de suite.

Quelques secondes plus tard, elle émerge de son minuscule bureau chargée d'un ordinateur portable qu'elle installe rapidement devant Luca. Elle pianote sur quelques touches pour se connecter à son espace puis il prend les rênes.

— J'ai besoin de vos adresses email pour vous envoyer des invitations, dit-il au bout de quelques clics.

— Arrête un peu, on se croirait en formation, plaisante Jérémy.

— Attention, Pauline est là !

Cendre ne pensait pas que sa boutade aurait un tel effet sur son ami qui a décollé de sa chaise d'un bond en se tenant le cœur. Elle a rarement été aussi désolée de toute sa vie et se confond en excuses.

— Ne me fais pas ce genre de frayeur, ma grande.

— Les emails, insiste Luca.

Il fait un tour de table rapide. Très vite, les invitations font biper, sonner ou s'allumer les portables, provoquant une vague de sourires.

— Qui fait quoi ?

— Je peux m'occuper des recherches d'adresses d'associations et de clubs culturels, dit Cendre.

— Je prends les organismes de formation et d'enseignement de la région, enchaîne Liam.

— Je vais faire jouer mon réseau et contacter des amis à moi, journalistes et artistes, poursuit Jérémy. Tiphaine, tu te souviens de ces deux journalistes qui avaient rédigé un article sur le vlog de Cendre et Gemini Aman ? Elle acquiesce. Liam a l'air impressionné.

— J'ai gardé leurs coordonnées parce qu'ils couvrent la majeure partie des événements culturels de la région. Je peux te mettre en contact avec eux de façon officieuse dès maintenant, pour qu'ils soient prêts à contre-attaquer à la diffusion de l'annonce officielle.

— C'est un super plan, merci.

— Mais si on veut prouver que tu seras capable de gérer un café en plus de l'espace livres, on ne devrait pas organiser un *event* ? propose Luca. Ne serait-ce qu'une soirée de soutien ?

— Je ne sais pas si j'ai le droit d'ouvrir les locaux après l'heure de fermeture pour protester contre la chaîne qui m'emploie, répond-elle en se mordant la lèvre.

Jérémy intervient.

— J'ai songé à demander à Christophe Dézart s'il ne peut pas faire quelque chose. C'est lui qui a lancé ma carrière de peintre.

— Christophe Dézart ? Le monsieur avec…

Tiphaine fait un geste au-dessus de sa frange pour mimer une perruque et Jérémy sourit.

— Il possède un resto avec un espace d'exposition, n'est-ce pas ? poursuit-elle. Mais je ne saurais pas quoi lui dire !

— On lui posera la question. Je suis certain qu'il trouvera quelque chose.

Alors que les idées fusent de part et d'autre de la table et que Luca pianote rapidement sur son clavier, Cendre voit Tiphaine reprendre vie : elle a l'air moins pâle sous ses cheveux bleus et le pli de sa bouche se décrispe.

En se tournant pour sourire à Liam, la jeune femme reçoit une flèche brûlante en plein cœur.

Il la regardait depuis un moment.

Pris sur le fait, il ne baisse pas la tête.

Chapitre 14

Lundi 11 décembre, Dreamcasting

Cendre n'a pas arrêté de zieuter la petite horloge qui tourne lentement dans un coin de son écran. Il est quasiment dix-sept heures et Assia leur communique quelques dernières explications. Plus l'heure de son rendez-vous à la cafétéria avec Liam se rapproche, plus elle a envie de se perdre dans un Fantasifemme.

Elle se force à respirer posément.

— Je pense que vous avez eu l'occasion de discuter ensemble des thèmes sur lesquels vous aimeriez travailler pour réaliser votre exercice grandeur nature, commence Assia.

Pour gravir une montagne insurmontable serait plus juste.

— Si vous pouviez me les communiquer mercredi matin au plus tard…

Luca et Jérémy échangent un signe comme pour se donner rendez-vous. Dans un sursaut de désespoir, elle a envie de demander si Liam et elle ne pourraient pas s'incruster dans leur binôme. Toute excuse ferait l'affaire pour lui éviter de rester seule avec l'objet de son désir.

— Cendre, l'interpelle Assia qui éteint le rétroprojecteur, j'ai vu Tiphaine dans le journal aujourd'hui et j'ai signé la pétition.

— Elle a déjà bien tourné, dit Jérémy. Je me suis connecté dessus plusieurs fois dans l'après-midi…

Il devient très rouge et achève sa phrase en bafouillant.

— Tu es allé sur ton portable pendant les cours, gros vilain ! le taquine Cendre qui se reprend aussitôt quand elle se rappelle qu'ils ne sont pas seuls.

— On a rameuté le plus de monde possible pendant le week-end, explique Luca en faisant un geste pour inclure Liam.

Assia leur adresse un sourire fier avant d'aller ouvrir la porte pour les laisser sortir.

— C'est très bien. Tenez-moi au courant.

Calant sa besace sur son épaule, Cendre coule un regard à Liam qui tire sur son pull nordique et lui emboîte le pas. Au bout du couloir, ils sont rejoints par Ulrike et Gérard. Le Belge n'a pas fait le moindre geste pour se rhabiller.

— Vous aussi, vous restez travailler un peu ?

— On avait prévu de s'installer à la cafétéria tant que c'est ouvert, répond Liam.

— On a une petite heure, alors. Vous voulez qu'on prenne l'ascenseur ensemble ?

— CERTAINEMENT PAS ! s'écrie Cendre sans pouvoir se retenir.

Trois paires d'yeux surpris se posent sur elle.

— Je veux dire que je suis un peu claustrophobe dans ces engins-là. Je préfère prendre l'escalier.

— Bon, s'esclaffe Gérard. Alors on se rejoint en bas, à la cafèt'.

Les laissant en plan, le Belge et l'Autrichienne entrent dans la cabine qui vient de s'ouvrir à leur étage. Avec un sourire gauche, Cendre se tourne si brusquement vers la cage d'escalier qu'elle perd l'équilibre et chancelle. Immédiatement, elle sent une main gigantesque se plaquer sur son dos tandis que des doigts épais s'enroulent autour de son poignet.

Elle panique quand une douleur fantôme se réactive dans son avant-bras et dans son cœur. *Gnangnan. Bécasse. Aussi conne que ses romances.*
— Tu vas bien ? souffle Liam qui desserre instantanément sa prise, mais ne la lâche pas.
La tendresse dans sa voix rocailleuse tire la jeune femme de la brume qui l'a engloutie.
— Tu veux que je te porte ton sac ?
Sans attendre de réponse, il lui ôte délicatement sa besace, garde une main collée entre ses omoplates et la dirige doucement vers la rampe qui longe l'escalier.
Se retenant de se masser le poignet où elle sait pertinemment que les bleus ont disparu depuis deux ans et demi, Cendre lève la tête au maximum.
Elle lui adresse un sourire reconnaissant alors qu'ils s'engagent ensemble sur la première marche.

***

Gérard a eu le temps d'engloutir la moitié d'une pâtisserie à la crème.
— Il n'y a pas à dire, ces petites choses, c'est quand même bon.
— Tu n'as pas le droit d'en manger chez toi ? demande Ulrike, amusée.
— Non, pas trop. Depuis mes quarante ans, je m'empâte facilement. Vous verrez quand vous aurez mon âge.
L'esprit de Cendre vagabonde jusqu'à la Brebis joliette qui sent bon les confitures et les gâteaux faits maison. Elle songe pendant une seconde à demander conseil à sa sœur pour Livrindigo, mais elle se ravise.
— Vous avez déjà un thème ? demande-t-elle à Ulrike.

— Samedi, Gérard a acheté un livre de jardinage et il m'a initiée à la permaculture.

L'Autrichienne sourit en voyant Cendre et Liam cligner des paupières.

— Et en pratique, ça donne quoi ?

— On s'est basés sur des principes de la permaculture comme l'autorégulation, la résilience ou le recyclage pour créer des systèmes d'acquisition, de conversion et de rétention de clients qui tournent tout seuls avec le minimum d'intervention possible.

— Je me suis inspiré de mon propre jardin, dit Gérard. La présentation de Luca le premier jour m'y a fait penser et j'ai cogité depuis vu qu'ici, loin de ma baraque, je me tourne un peu les pouces.

— Mais c'est génial ! s'exclame Cendre. Je n'aurais jamais songé à une chose pareille.

Gérard lui adresse un sourire amical.

— Allons, un jour prochain, tu vas passer cheffe de projet et tu verras que ce genre de mécanismes te viendra naturellement.

— Dieu m'en garde !

— Ce n'est pas un poste qui t'intéresse ? s'enquiert Ulrike.

La jeune femme songe à sa panique devant la foule rassemblée à Livrindigo pour voir Gemini Aman, puis à l'euphorie qu'elle avait ressentie une fois qu'Elvire avait appuyé sur le bouton de la caméra.

— Je ne trouve pas ça assez créatif, énonce-t-elle lentement comme si elle était en train de découvrir cette vérité. J'aime trop la création, l'optimisation et la diffusion de contenu pour briguer une position purement managériale.

Voilà, c'est dit.

Étrangement, elle a l'impression de voir le monde différemment. Elle se sent plus sûre d'elle, comme si avoir prononcé ces paroles en public rendait son avenir plus clair.

— C'est un peu pour ça que j'ai envie de changer de voie, moi aussi, souffle alors Liam.

Dans le silence bienveillant qui s'ensuit, il reprend sa tasse de café. Cendre sent son pull en laine caresser son avant-bras sur lequel sa main immense n'a laissé aucune marque.

Une nouvelle rêverie l'emporte.

Du haut de sa tour, dame Cendre aperçut au nord un nuage de poussière. L'escorte de son père ! Son retour après des journées d'une attente inquiète la réjouissait. Mais alors qu'elle négociait les dernières marches de l'escalier en colimaçon dans lequel elle s'était engouffrée, elle s'empêtra les pieds dans sa robe. Heureusement, une main gantée arrêta sa chute. Prompt comme l'éclair, sire Liam s'était lancé à sa rescousse.

— On dirait vraiment un merlan frit quand elle est comme ça. C'est limite flippant, entend-elle Gérard déclarer d'une voix stupéfaite alors qu'elle reprend ses marques.

— Pardon...

— Par simple curiosité, tu vas où quand tu pars comme ça ?

— Très loin.

Très près, lui souffle son cerveau.

— Hum, fait Liam en s'éclaircissant la gorge. Pour notre projet, on n'en a pas encore discuté, mais j'ai eu une idée quand Cendre m'a dit qu'elle aimerait visiter l'Écosse.

Elle tourne brusquement la tête vers lui et réalise qu'il la regarde.

— Je pense qu'Ulrike et Gérard te diront la même chose. Dreamcasting nous a défrayés, mais on a dû organiser le voyage tout seuls.

— Ils ne vous ont même pas fourni un plan de la ville ?

— Avec les lignes de tramway et de bus ? demande Gérard. Certainement pas !

— Ils auraient pu vous donner un plan, un annuaire des transports en commun ou les coordonnées des compagnies de taxis, proteste Cendre. Et puis lister quelques activités.

Liam lui lance un regard qui pétille.

— Heureusement, ils nous ont tous mis en contact dès le début. On est descendus dans le même hôtel et on a organisé ensemble nos déplacements du premier lundi. Si j'avais été seul, j'aurais probablement eu un petit peu plus de mal, même si je parle la langue couramment et que je sais me débrouiller.

— Vous séjournez tous dans le même hôtel ? Je n'y avais pas pensé.

Oubliant qu'elle est déjà en train de vivre un moment privilégié en compagnie d'un séduisant Highlander, Cendre ressent une pincée de jalousie à l'idée qu'Ulrike dîne avec lui tous les soirs.

— Je ne me plains pas, poursuit Liam. C'est confortable.

— J'ai une jolie vue sur une avenue avec des décorations de Noël, dit Ulrike.

— J'ai une jolie vue sur le mur de l'immeuble d'à côté, s'amuse Gérard.

Liam affiche un grand sourire à fossettes et se retourne vers Cendre.

— Tout ça pour dire que j'aimerais créer un espace spécial pour les stagiaires.

— Je trouve surprenant que ça n'existe pas déjà dans une multinationale de cette taille, s'étonne Ulrike. J'aurais aimé pouvoir lire des témoignages d'anciens stagiaires avant de candidater.

L'esprit de Cendre turbine à toute vitesse.

— Tu penses à un espace du genre forum avec des bons plans, des témoignages et un catalogue de contacts ?

— Tu as tout compris.

La jeune femme visualise la misérable page d'infos sur leur site actuel. Elle hoche la tête, conquise, puis pâlit en songeant à l'ampleur du projet.

— Donc, il faudrait créer un espace de discussion pour les étudiants stagiaires de toutes les antennes. Ça demande une veille. Un bénévole ou un employé à temps partiel devra tenir la page à jour, rassembler des témoignages, répondre aux questions...

Déjà submergée par le développement exponentiel de Nozinabook depuis l'été dernier, elle se masse les tempes.

— Pas besoin de voir grand pour le moment, la rassure Liam. Je pensais proposer une simple maquette.

— Je crois que j'ai du mal à me projeter parce que je ne suis jamais partie en voyage loin. Je ne me suis jamais retrouvée dans une situation où tout est différent et surprenant.

Gérard secoue la tête.

— Je te pose une petite devinette. Tu avais déjà discuté avec une cavalière autrichienne, un jardinier belge gourmand et un ingénieur système originaire du pays dont tu rêves ?

— Je ne vois pas où tu veux en venir.

— Tous les jours, on doit s'adapter à des situations différentes, dit Liam. Ce n'est pas parce qu'il n'y a pas de château écossais dans la brume ou de guerre contre les

Sassenachs que ce n'est pas intéressant, dépaysant... ou challengeant.

Elle y réfléchit pendant quelques secondes.

— C'est vrai. C'est juste que ma nature romantique m'empêche de trouver ma vie aussi captivante que celle des personnages de mes romans.

Gérard repose ses couverts sur son assiette et se tapote le ventre.

— Si on a au moins retenu quelque chose de cette formation, soupire-t-il, c'est que les cuisses de Carlo en kilt sont toujours aussi vendeuses.

— En *breacan*, protestent Liam et Cendre d'une même voix.

Ayant tout oublié autour d'eux, ils se regardent et leurs yeux ne se lâchent plus.

Chapitre 15

Mardi 12 décembre, Livrindigo

Le juron qu'a poussé Luca en italien a choqué une mamie.
— Et encore, je me retiens.
Les rares clients venus soutenir la boutique sont engoncés dans leurs affaires d'hiver. Alors que Marjorie éteint les plafonniers, ils se pressent vers les caisses. Frigorifiée, elle aussi porte un bonnet et un gros pull. Vêtue d'un bleu de travail et de vieilles baskets, Tiphaine a passé sa journée à éponger l'endroit où sa vitrine a été brisée pendant la nuit. Épuisée, elle lâche un grand soupir et sa lèvre inférieure tremble. Ignorant quoi lui dire, Jérémy pousse Cendre vers elle pour qu'elle lui enroule une main rassurante autour des épaules.
— Allons, Tiph', on va quand même bien découvrir qui c'est.
— Je n'en suis pas si certaine. Les caméras de surveillance d'en face ont simplement filmé deux silhouettes noires encagoulées. Ça pourrait être n'importe qui. Ne serait-ce que deux petits cons qui se sont juste intéressés à moi parce que je fais du mauvais buzz en ce moment.
— Ah non ! proteste Liam. Tout le monde parle de toi, des milliers de personnes ont signé la pétition et tu génères un max de ventes.
Tiphaine est moins enthousiaste.
— C'est vrai, mais j'ai perdu quasiment toute une journée de profits parce que je n'ai pas pu ouvrir avant la fin de l'après-midi.

— Mais demain, c'est mercredi, la rassure Cendre qui la tient toujours par les épaules. Tu auras tous les ados l'après-midi en plus des parents avec leurs gamins.

Elle se trouve hypocrite, car les mercredis à Livrindigo lui déchirent tellement les tympans qu'elle a tendance à éviter de venir. Tiphaine le sait pertinemment et bat des cils d'un air entendu.

— En attendant, merci d'être passés. Je crois que je peux m'asseoir sur les décorations de Noël ; je n'aurai jamais le temps de les monter ce soir.

— On peut rester pour t'aider, propose Liam. Au moins pour décorer le côté sec.

Cendre hoche énergiquement la tête.

— C'est bon pour moi, si tu m'offres une petite boisson chaude comme récompense.

— Ce serait vraiment gentil de votre part, fait Marjorie qui vient d'encaisser le dernier client. Comme ça, je peux vite boucler ma caisse. J'avais déjà prévu quelque chose, ce soir.

— Rentre, alors, dit Tiphaine qui se retourne vers le groupe de volontaires. C'est bon pour tout le monde ?

— Absolument, répond Luca. Jérémy et moi, on a une réservation dans un restaurant du coin pour 19 h ; ça nous laisse un peu de temps.

Tous les yeux se tournent vers le jeune comptable qui rougit jusqu'aux oreilles, un sourire satisfait aux lèvres.

Liam a déjà posé sa besace pour retirer son manteau.

— Tu gardes les décorations dans des cartons dans la réserve ? demande-t-il. Luca et moi, on peut se charger de tout transporter dans la pièce principale.

— Entretemps, Jérémy et moi, on va démonter la vitrine en cours, propose Cendre.

Ils tournent tous les yeux vers la porte quand un des deux ouvriers qui s'affairaient dehors passe la tête à l'intérieur.
— Madame Mercier, je crois qu'on a terminé. Votre devanture est comme neuve.
Tiphaine leur sourit.
Le poids du monde vient de se retirer de ses épaules.

***

— Il y a une expression comme ça…
Liam lève les yeux au ciel comme s'il se creusait les méninges. Debout à son côté dans le tramway, un carton de mignardises entre les mains, Cendre le dévisage sans comprendre.
— Non, je ne vois pas d'expression qui commence par *cre-cre*.
— Mais si ! C'est une histoire de saucisse…
— Ça craint du boudin ? s'esclaffe-t-elle. C'est ça que tu essayes de me dire ?
— Quand même, on lui a cassé sa devanture.
— Le pire, c'est que je crois qu'on ne trouvera jamais qui c'est. Elle a raison. Ça doit être des petits cons qui ont voulu ajouter au buzz.

« Prochain arrêt *Satie*. Prochain arrêt *Satie*. »

— C'est là que je descends. Je suis vraiment gênée que tu aies fait un détour pour me raccompagner.
Liam secoue la tête d'un geste catégorique.
— Je refuse de te laisser rentrer seule. Il est déjà plus de vingt heures et la nuit est tombée.

« Arrêt *Satie*. Attention à l'ouverture automatique des portes. »

La devançant, Liam saute d'un bond sur le trottoir et tend le bras comme pour la rattraper. Elle trouve cette prévenance mignonne quoiqu'inutile, mais se ravise quand elle dérape sur une plaque de verglas invisible. La main de Liam les empêche de partir dans le décor, elle et ses mignardises.

— Tu vois, tu as besoin d'un Highlander pour voler à ton secours, fait-il d'un air suffisant. C'est de quel côté, chez toi ?

— Q-quoi ?

— Je vais m'assurer que tu rentres en un seul morceau, puis je reprendrai le tram en sens inverse.

Cette galanterie, c'en est trop pour le cerveau de Cendre qui lui projette une romance Fantasifemme en HD.

Son breacan dénudant ses bras puissants, lord McKellen arrêta sa monture à sa hauteur.

« Ne vous entêtez pas, lass*. Grimpez en selle devant moi et je vous ramènerai à votre campement. »*

« Vous ne comprenez pas », répliqua dame Cendre qui cala fièrement les poings sur les hanches. « Je ne peux pas y retourner. Jamais ! »

Fasciné par le feu qui pétillait dans ses prunelles noisette, Liam McKellen prit le temps d'observer la jeune femme. Son épaisse chevelure flamboyante dégringolait jusqu'à sa taille, encadrant sa poitrine généreuse. Elle...

— Cendre ?

La voix de Liam est un peu perdue.

— Je te suis sur le trottoir, mais je ne sais pas si tu regardes où tu vas.

Brutalement arrachée à son film intérieur, Cendre sent le froid normand s'infiltrer entre les pans de son manteau déboutonné.

— Tu as eu une petite absence. Je ne voulais pas t'agresser.

— Je ne l'ai pas mal pris. Ne t'inquiète pas. J'habite ici.

Elle tend la main vers la porte de son immeuble à une dizaine de mètres d'eux.

— Bon...

— Bon... lui fait-elle écho.

Sur le perron, elle lui fourre le carton entre les mains afin de chercher sa clé dans son sac, puis elle enfonce cette dernière dans la serrure et cale la porte avec le pied le temps de récupérer ses pâtisseries.

— Bon... répète Liam.

Il serre et desserre les poings comme s'il avait terriblement envie de tirer sur son pull.

— Je te fais la bise et on se revoit demain matin de toute façon.

Invoquant toute sa discipline mentale pour ne pas dissocier, Cendre se hisse sur la pointe des pieds en même temps qu'il se penche vers elle.

Leurs joues se frôlent, d'un côté puis de l'autre, mais la jeune femme sent la caresse des poils de sa barbe longtemps après la fin de leur embrassade.

C'est à regret qu'elle le regarde partir à reculons.

— Tu es toujours d'accord pour qu'on bosse ensemble demain après-midi ? demande-t-il.

— Bien sûr.

J'ai hâte.

— À demain, alors.

Il la contemple quelques instants supplémentaires avant de s'éloigner rapidement, la laissant refermer la porte et s'y adosser, le souffle court.

Elle a envie de crier au monde que son cœur bat follement au rythme des tambours de guerre des Highlands, mais elle craint que ce soit déplacé dans son immeuble modeste d'un quartier tranquille de cette petite ville quasi inconnue qu'est Granfleur.

Elle reverra Liam demain soir, seule à seul.

La vie est décidément incroyable.

Montée sur ressorts, elle gravit rapidement les marches et s'engouffre dans son appartement. Tout en se débarrassant de ses lainages, elle effectue un état des lieux.

Toujours ancré dans sa rétine, Liam est omniprésent. Debout dans l'entrée, assis sur le canapé, installé à la petite table de la pièce à vivre ; il apparaît sur toutes les surfaces que les livres n'ont pas investies.

Avec un gros soupir, elle enclenche sa routine cocooning. Baisser les stores, brancher la guirlande de lumières, préparer du thé et une assiette de gourmandises, puis se glisser dans un pyjama en laine.

Quand elle revient dans le salon qui embaume les arômes de Noël, elle lance sa playlist celtique, se love dans son fauteuil et s'empare de *Sur des chardons ardents* avec un grognement de contentement.

Elle retrouve sa ligne : *... un château humide et délabré rempli d'hommes mal dégrossis qui parlaient une langue rocailleuse.*

Que va-t-il arriver à dame Ceryse ? Va-t-elle être mariée de force ou parviendra-t-elle à s'échapper ? Sera-t-elle secourue par un bandit au grand cœur dont la musculature puissante fait craquer les coutures de son surcot ?

Elle avale une gorgée de thé à la cannelle et bloque le monde extérieur. Seul existe l'univers imaginaire dans lequel elle vient de se plonger.

Enfin, en théorie, car la sonnerie de la porte d'entrée brise sa quiétude.

Stridente, elle se répète.

Encore une fois.

Puis une autre.

Les sonneries se multiplient, ne formant plus qu'un son continu et déchirant.

Cendre se redresse quand des petits poings tambourinent contre sa porte.

— Tata ! crie une voix aiguë dans le couloir. Laisse-moi entrer ! Pipi !

Elle va ouvrir à la hâte et son neveu se rue vers la salle de bains.

Non !

Pas la veille de son rendez-vous avec Liam, alors qu'elle a besoin de passer en revue tous les scénarios imaginables !

— Cendre ? C'était ouvert, en bas.

Mathilde apparaît dans l'encadrement de la porte. Elle porte le pantalon large et les ballerines qu'elle met toujours quand elle doit prendre l'avion.

— Je vois que je ne te dérange pas.

Baissant les yeux vers son pyjama une pièce en laine, Cendre se dit avec tristesse qu'elle ne recevra décidément jamais un mot gentil de sa part.

Avec une résignation croissante, elle voit son aînée laisser tomber le sac de voyage d'Erwan puis repartir vers le couloir.

— ERWAN ! Tu as fini, mon chaton ? Maman doit partir.

— Je fais pipi !

La voix de l'enfant résonne dans la pièce carrelée.
— Tu te laves bien les mains avant de sortir, hein ?
Cendre ouvre la bouche pour demander ce qu'on attend d'elle exactement, mais ses paroles sont noyées par le bruit de la chasse d'eau suivi d'un *oups !* retentissant.
— Qu'est-ce qu'il y a, Erwan ? disent les sœurs d'une même voix.
— J'ai fait tomber la savonnette dans les toilettes.
Ce n'est pas la réponse que Cendre souhaitait entendre.
— Ce n'est pas grave, mon chaton. Tata va la repêcher, dit Mathilde.
Ça non plus.
Elle se force à inspirer profondément.
En l'espace d'une minute, tous ses projets viennent d'être chamboulés. Sa soirée détente. Sa plongée dans le passé avec dame Ceryse. Ses révisions pour la formation.
— Tu pars combien de temps ?
— On se rend en métropole, alors on sera revenus jeudi très tôt dans la journée. Je viendrai récupérer Erwan avant ton départ au travail. Pierre-Yves m'attend dans notre voiture de location.
Cendre s'apprête à répliquer quelque chose quand Erwan sort des toilettes. D'un accord tacite, les deux sœurs adoptent une posture moins agressive devant le garçon qui regarde sa tante d'un air désolé.
Mathilde plisse les yeux, se mordille la lèvre et hésite un moment. Elle paraît osciller entre la politesse et la mesquinerie.
— Tu as toujours un travail, n'est-ce pas ? dit-elle. Je crois que tu m'avais parlé de quelque chose pour t'aider avec une histoire de livres ou je ne sais quoi.
— Oui. Je travaille toujours à Dreamcasting, mais je suis une formation qui contient notamment une introduction au

design UI/UX afin de développer de nouvelles compétences.

— Bon…

Mathilde regarde autour d'elle, les narines plissées devant les piles de romans désordonnées qui ont poussé dans des endroits improbables. Heureusement, Erwan la distrait en venant se coller contre elle.

— Mais comment je vais faire demain, pour le petit ?

Mathilde hausse un sourcil.

— Comment ça ?

— Eh bien, c'est mercredi, il n'a pas école. Tu l'as inscrit dans un centre pour la journée ?

Aucune réaction.

Cendre continue de se raccrocher à ce qui – elle le craint – n'est qu'un immense fantasme.

— Tu as embauché une nounou ?

— Ne sois pas bête, Cendre. Si j'avais quelqu'un, on ne serait pas ici. Erwan aurait pu rester à la maison.

— Et puis moi, je voulais être avec Tata, s'interpose l'enfant avec un filet de voix.

— Bien sûr, mon chaton, répliquent les deux femmes.

Mathilde se passe la main sur le front d'un geste rapide.

— Tu peux l'emmener à ton travail. Ils ont des tables et des chaises, non ? Il se mettra dans un coin et il fera des devoirs et du coloriage. Tout est prêt et rangé dans son cartable.

Elle paraît hésiter pendant une demi-seconde puis reprend la parole.

— Je l'ai inscrit à une activité contes à la médiathèque de la place avec la statue. C'est à dix-sept heures trente, donc tu auras largement le temps de l'y amener après le travail.

Erwan adresse à sa tante un grand sourire satisfait qu'elle lui rend machinalement avant de tourner le regard vers son sac. Elle ne veut pas le montrer, mais le sourire de Liam vient de s'imposer à son esprit, lui fissurant le cœur. Elle aimerait protester, poser des limites, faire bruyamment savoir à sa sœur que sa formation n'est pas une garderie, mais elle ne veut pas accabler le petit. Aussi se mord-elle l'intérieur de la joue, s'efforçant de faire bonne figure.

— D'accord, pas de problème. On va bien s'amuser ensemble, hein, Erwan ?

— Oui, Tata ! s'exclame le garçon qui la prend dans ses bras. Et Maman vient me chercher jeudi matin. On va bien s'amuser à ton travail !

— Euh, c'est pas trop l'endroit pour ça.

Quand des bruits de klaxon intempestifs déchirent la quiétude de la rue, tout redémarre en trombe. Mathilde reprend Erwan dans ses bras et lui dit d'être sage tout en lui faisant plein de bisous sur le front. Elle se dirige vers la porte en lançant pour conclure « jeudi matin ; on se recontacte entretemps ». Puis elle sort sur le palier et descend l'escalier avec la célérité que lui offrent ses ballerines.

Erwan s'essuie les yeux et vient coller son visage contre sa tante. Cendre le laisse pleurer pendant une minute en lui caressant le dos puis elle s'agenouille devant lui en le tenant par les épaules.

— Je vais te préparer à dîner puis on se mettra un dessin animé. D'accord ?

Elle soupire en jetant un ultime regard au torse de Carlo sur la couverture de son Fantasifemme. Le champion encore hypothétique de dame Ceryse ne fait pas le poids face à son petit neveu en manque d'affection.

Chapitre 16

Mercredi 13 décembre, appartement de Cendre

— Tata ! Tata !
Des cris font voler son sommeil en éclats.
Pourquoi ses journées débutent-elles toujours par un réveil en fanfare ? Ce matin, toutefois, ce n'est pas l'alarme de son portable qui l'agresse.
Serait-ce le puissant Callum MacGregor qui lui parle dans ses rêves, l'enjoignant à venir le rejoindre à travers l'espace et le temps ? Mais pourquoi un fier guerrier écossais l'appellerait-il *Tata* ?
Elle ouvre brusquement ses paupières alourdies par le sommeil.
— Tata ! C'est l'heure de te réveiller si tu veux faire ton P'lates !
Mon quoi ? Quelle heure il est ?
L'épais rideau de sa chambre ne laisse pas filtrer le moindre rayon de soleil. Son portable l'informe qu'il est cinq heures du matin.
— Mais tu es déjà debout, toi ?
Dépeigné et toujours vêtu de son pyjama bleu et jaune, Erwan hoche la tête comme s'il s'agissait d'une évidence.
— Tu vas rater ton P'lates et ton yoga. L'heure tourne.
Son petit ton autoritaire évoque tant celui de Mathilde que Cendre bloque pendant au moins vingt secondes. Elle a bel et bien pénétré dans un univers parallèle ! Un univers où premièrement, elle serait du matin, et deuxièmement, elle ferait du Pilates et du yoga en famille sur les coups de cinq heures.

Pour elle qui voulait vivre dans ses rêves, elle est servie. Elle est carrément entrée dans le domaine de la fiction, du troisième type et de ses événements louches.

Comme si le premier type n'était pas déjà assez horrible comme ça.

Ou bien le deuxième.

Et pourquoi est-ce qu'on parle de types ? Et si le quatrième était le bon ?

Mais de quoi est-elle en train de… ?

— Tata, tu t'es rendormie !

— C'est bon, Erwan, dit-elle d'une voix pâteuse en rejetant les couvertures. Tu sais, mon cœur, Tata ne fait pas de sport le matin.

L'enfant ouvre de grands yeux effarés comme s'il remettait en question son existence tout entière.

— Je devrais peut-être.

Il a beau se frotter les yeux, elle voit bien qu'il ne se rendormira pas et comprend enfin pourquoi il est si fatigué en fin d'après-midi.

En l'entraînant vers la salle de bains, elle croise les doigts pour qu'il ne cause pas de problèmes à son boulot par pure maladresse. Cela dit, sur ce point, elle est pire que lui ! Rien qu'hier, en descendant du tram…

Son rendez-vous prévu avec Liam lui revient en un éclair.

Alors qu'Erwan lui montre ses dents pleines de mousse, elle se rassure en se disant que la médiathèque a un café où ils pourront s'attabler.

Elle se mord la lèvre en se demandant s'il supporte les enfants.

Et le regard des autres quand ils marcheront dans la rue ensemble, un gamin entre eux !

Elle imagine la scène. Liam, immense et costaud, avec son jean et son inséparable pull en laine. Elle et son bonnet torsadé, son manteau prune et ses grosses lunettes. Leurs cheveux d'un roux vif les rendent visibles de loin à la lumière du soleil rasant de décembre. Ils se sourient en avançant tous les deux sur les pavés mouillés, avec entre eux, un enfant blond...
Enfin, blond légèrement vénitien, mais blond quand même.
— Tata, tu rêvasses ?
Cendre secoue la tête et reprend rapidement ses marques.
— Tu sais quoi, mon cœur ? Tata a besoin de relire quelques documents avant de partir au travail.
Quand Erwan la dévisage sans surprise, elle se dit que l'ambiance matinale doit être super chez les Germon-Jéricho !

***

Cendre se masse l'arête du nez entre deux doigts. Après deux heures passées à bosser sur l'ordi, elle a le cerveau qui fume.
Quand Assia a enfin lancé le signal de la pause, ils se sont rués vers les machines et les biscuits comme des hippopotames qui découvrent une traînée d'eau boueuse.
La soulageant de ses fonctions de tata, Jérémy est en pleine discussion avec Erwan.
— J'étais moniteur en colonies de vacances pendant l'été pour payer mes études. Alors les dessins animés du genre *Le Voleur et la Citrouille*, *La Princesse des Pêches* ou l'histoire de Grima Thorasson, c'était mon quotidien.
— J'ai jamais vu *La Princesse des Pêches* ! Les filles de ma classe en parlent tout le temps. Ma copine Gina a la

trousse et le cahier de textes. Mamie Léontine appelle ça la société de consommation.

L'amusement de Cendre est mouché par une voix poisseuse comme une limace.

— Mais que vois-je ?

Jérémy devient blafard et la jeune femme cherche inconsciemment Liam du regard.

Le fracas des épées qui s'entrechoquent résonnait dans le crâne de dame Cendre qui grimpa sur la branche d'un arbre pour se mettre à couvert.

« Rends-toi, vil scélérat », cracha lord McKellen d'une voix rocailleuse.

Les tendons de son cou contractés par l'effort le faisaient paraître plus large et la sueur dégoulinait sur les muscles impressionnants de son torse.

— ... à vous ? entend-elle Pauline demander alors qu'Erwan vient se blottir contre elle.

— Je vous demande pardon ? Je n'ai pas compris.

S'écartant d'Assia à qui elle faisait signer un papier, Pauline braque un index vers le petit.

— Allons, mademoiselle Bébert. Ce n'est pas parce qu'un homme vous a fait du mal qu'il faut faire cette tête-là.

À son grand étonnement, Cendre est alors témoin d'une rare démonstration de réaction en chaîne.

D'abord, Ulrike se tourne vers la méduse avec la rapidité d'une girouette dans la tempête. La jeune blonde pince les lèvres ; Gérard l'imite. Il a perdu son air badin et adopte l'attitude à la fois curieuse et pleine d'adrénaline du badaud qui sait qu'il va y avoir du grabuge et veut jouer les gros bras. Et alors que Pauline fait redescendre ses lunettes sur son nez pour mieux scruter Erwan, Cendre voit le visage de Luca se fermer.

On dirait des athlètes olympiques avant un lancer de marteau. Concentration absolue ; envie de tout défoncer.

Pauline change de proie.

— C'est bien de vous voir avec un enfant, mon petit Jérémy. Je suis certaine que ça ferait plaisir à vos parents. Ils doivent attendre la chose avec impatience.

Luca se retient visiblement de répliquer quelque chose.

— Dites-moi, mademoiselle Bébert, comment s'appelle ce petit garçon ?

— Erwan Germon-Jéricho, madame, la devance ce dernier dans un murmure.

— Je vois.

L'air désolée, Assia tente de la diriger vers la sortie.

— Les papiers sont signés, madame Richard. Nous allons profiter de la fin de la période de pause…

— Il doit porter le nom de son père, n'est-ce pas, mademoiselle Bébert ? Il est grand, quand même, ce petit Ivan. Vous avez dû l'avoir très jeune. C'est sans doute pour ça que…

— C'est son neveu, dit Gérard qui s'avance vers elle.

— … vous arrivez constamment en retard et que vous êtes aussi brouillon. Ça doit être stressant, non, d'être mère célibataire d'un enfant aussi grand ?

— Je viens de vous dire que c'est son neveu.

Gérard se positionne devant elle, la bloquant à la vue de Cendre qui est partagée entre l'envie d'aller se réfugier dans un livre et la curiosité irrépressible de voir la tête que tire Pauline. Elle n'a pas l'habitude qu'une autre personne que Jean-Marc lui tienne tête.

Une chorégraphie rodée se déclenche comme un mécanisme. Luca, Jérémy et Ulrike entraînent Cendre et

Erwan plus près de la table des rafraîchissements, formant une barrière entre eux et la méduse. Quant à Gérard, toujours fermement campé sur ses jambes et l'air faussement avenant, il ne bouge pas d'un pouce.

Liam est resté figé, mais quand il lit la panique dans le regard de Cendre, il vient flanquer le Belge. C'est le signal qu'attendait Assia pour prendre Pauline par le coude.

— Bon, madame Richard. Les papiers sont signés. Je reste disponible par mail si vous avez besoin d'autre chose.

— Ça ne vous dérange pas de devoir faire garderie le mercredi pour...

— Absolument pas.

Les deux hommes avancent d'un pas.

— À présent, si vous voulez bien nous excuser, madame Richard, la pause touche à sa fin et nous allons bientôt reprendre la formation.

Cendre ne savait pas qu'Assia pouvait avoir une voix aussi tranchante.

— Au plaisir, madame Richard ! lance Gérard qui se balance d'avant en arrière sur les talons.

Devant les visages fermés qui font bloc contre elle, Pauline affiche un air outré et bat en retraite, ses documents à la main.

— Très bien, madame Hayat. Je vous recontacte à la fin de la semaine.

Le dernier regard qu'elle décoche à Cendre avant de disparaître dégouline de tant de malveillance que Liam réagit en pointant le menton.

La voix fluette d'Erwan brise le silence.

— Elle est partie, la méchante dame ?

— Tu me l'avais dit, mais je ne pensais pas que c'était à ce point, souffle Luca à Jérémy.

Pinçant les lèvres si fort qu'elles disparaissent sous sa moustache, Gérard brandit un pouce vers la porte.

— Ma femme me dit souvent que je viens de la planète des Gros Lourdauds, mais là, on nous a envoyé le vaisseau mère.

Malgré les rires, Liam garde les épaules légèrement arrondies.

— Cendre ! Désolé de n'avoir pas réagi plus tôt, je n'avais pas compris de quoi elle parlait. J'ai toujours eu des problèmes pour passer à l'acte. J'ai tendance à rester en retrait et à attendre de voir comment les choses vont évoluer.

— À te comporter comme ça, tu dois parfois laisser filer ta chance, non ? dit Luca d'un ton entendu.

Quand Liam s'empourpre et évite son regard, Cendre sent un frisson lui remonter le long du dos. Tout devient électrique.

— Elle est toujours comme ça ? s'enquiert Gérard qui ne veut pas lâcher l'affaire. Il doit y avoir une super ambiance à la compta.

— Oui, malheureusement, répond Jérémy. Mon bureau dans l'*open space* est dans le coin opposé au sien, mais elle m'a dans le collimateur... pour une raison évidente.

— La dame, elle aime pas que tu es gay ? demande Erwan d'une petite voix.

Cendre digère les implications de ce qu'il vient de dire.

Pendant quelques secondes, tous scrutent le visage de Jérémy qui pince les lèvres et fait un geste indiquant qu'il est temps de changer de sujet.

Assia débarrasse sa tasse vide.

— Je vous donne encore cinq minutes, mais je dois aller préparer les diapos pour la session suivante.

En attendant, Gérard rejoint Cendre. Il est si sérieux que ses sourcils restent immobiles.

— Ne le prends pas trop à cœur. Sur cette terre, il y a des gens amers qui ne savent pas s'occuper au calme de leur propre jardin. Cela dit, c'est vrai que *c'est bon de vous voir avec un enfant, mon petit Jérémy*, singe-t-il avec une grimace. *Je suis certain que ça ferait plaisir à votre famille...* et à celle de votre amoureux.

Accompagné d'Ulrike, il retourne dans la salle avec un regard appuyé au groupe toujours agglutiné près de la table des rafraîchissements.

Sans cesser de caresser l'épaule de son neveu, Cendre se tourne vers Jérémy. Du coin de l'œil, elle voit que Luca et Liam sont mal à l'aise.

— C'est vrai ? Elle te fait des réflexions à cause de ça ?

— Pas entièrement. C'est plutôt qu'elle critique tous ceux qui n'ont pas l'air de mener une vie bien carrée. Papa, Maman, deux bambins et demi, boucles d'oreille en perles... En tous les cas, ce n'est pas juste moi. Vous devriez entendre ce qu'elle déblatère sur Markus. D'ailleurs, je ne vois pas comment elle l'a appris, achève-t-il en regardant l'Écossais.

Cendre nage complètement.

— De quoi ?

— Qu'il aime la danse, je pense, lui explique Liam.

— Mais comment tu le sais ?

Tout le monde est donc secrètement ami avec Markus ?

— On a suivi nos études à Rouen la même année, alors je me rappelle l'avoir croisé pendant des soirées.

— Oh. Mais, il pratique quelle sorte de dan... ?

Avant qu'elle ait le temps de finir sa question, Erwan la tire par le bras tout en sautillant sur place.

— Tata, j'ai envie de faire pipi.

— Je m'en occupe, dit Jérémy qui tend la main au petit.
— Merci.
— Je t'en prie. Ça te donnera l'occasion d'arriver à l'heure, pour une fois, lui crie son ami par-dessus son épaule tout en descendant le couloir en direction des toilettes.

Elle échange un regard complice avec Liam et Luca. Face à l'éclat de leurs sourires, elle se dit que curieusement, la vraie vie n'est pas aussi grise et monotone qu'à l'ordinaire.

— Tu es sûr que ça ne te dérange pas qu'on prenne Erwan avec nous cet après-midi ?

Les yeux bleus de l'Écossais s'adoucissent.

— Absolument pas. Et puis moi aussi, j'ai un neveu.

À défaut d'être un fier guerrier scot en armure…

À la réflexion, elle n'y voit pas le moindre inconvénient.

Chapitre 17

Spacieux et baigné de lumière, le café de la médiathèque bourdonne de voix féminines. Parfois, un gazouillis émerge d'une poussette, vite apaisé par une main qui vient cajoler une joue rebondie et remonter une couverture.

Les stores de la salle d'activités ont été relevés pour permettre aux adultes de voir à l'intérieur. Sur une moquette colorée, les enfants sont assis en demi-cercles face aux conteurs qui animent des marionnettes. La vitre empêche de distinguer des mots, mais la porte ouverte laisse sortir les rires cristallins des petits et les notes enjouées de la musique d'ambiance qui marque les changements d'actes.

Erwan se retourne vers sa tante pour lui adresser un coucou énergique. Courageusement, il a accepté de faire l'activité tout seul. D'autres enfants ont flanché devant la peur de l'inconnu et ont exigé que leurs parents les accompagnent. Au sein du groupe, une grande sœur a momentanément oublié l'existence de son téléphone portable et écoute les acteurs avec une attention imperturbable. Cendre se dit qu'elle aime bien ses quelques mèches teintes en rose, quand elle sent un regard peser sur elle.

— Ce n'est pas une critique, l'interrompt Liam, mais tu rêvasses vraiment beaucoup.

— J'en ai conscience. Je dois ma vie à tous les inconnus qui m'ont ramenée vers le trottoir alors que je traversais la rue sans regarder.

— C'est parce que tu es créative ? Avec ton blog et ton métier dans la com' ?

Elle réfléchit en l'observant touiller son cappuccino.

— Je ne pense pas, soupire-t-elle. J'ai toujours été comme ça, d'aussi loin que remontent mes souvenirs. Et ça n'a fait qu'empirer lorsque j'ai appris à lire.

— Pourquoi ? Ça ne t'a pas permis de t'évader pendant la lecture, pour être plus concentrée après ?

Elle le dévisage comme s'il venait de lui pousser trois têtes.

— Non, au contraire. La lecture m'a donné accès à des personnages, des lieux et des concepts. Il me suffit de lire quelques pages et quand je referme le livre, tout reste avec moi très longtemps, comme si ça se surimposait à la réalité.

Elle mime deux plaques qui coulissent pour n'en former plus qu'une.

— Tu conviendras quand même qu'on ne rencontre pas tous les jours des gens aussi… *camp* que l'est Carlo sur les couvertures. Tu connais le mot ?

— Bien sûr ! *Camp*.

— J'oubliais que tu parles très bien anglais. C'est simplement que… comment dire…

Il lève les paumes d'un geste hésitant.

— Oui ?

— Tu as un accent déroutant. Un peu… africain, même si je ne reconnais pas le pays. Enfin, je me trompe peut-être.

Cendre est surprise. Les Owusu et leurs connaissances ne lui avaient jamais fait la réflexion.

— Je ne m'en rendais pas compte. C'est à cause de Sophie, mon amie d'enfance. Je t'en ai déjà parlé ? C'est avec elle que j'ai lancé le blog.

— Nozinabook ?

Ce nom a l'air de l'amuser, mais c'est sans mesquinerie.

— Oui. Nozinabook. Ma position préférée.

Quand Liam s'étrangle bruyamment sur sa salive, elle s'empourpre tant qu'il s'efforce de se reprendre.

— Sophie lit beaucoup, elle aussi ?

— Oui. Elle dévore les livres depuis qu'elle est arrivée en France après avoir quitté le Ghana et qu'elle a dû apprendre la langue sur le tas.

— C'est pour ça que tu parles anglais avec le même accent qu'elle ?

Le regard de Cendre se perd vers la vitre qui les sépare de la salle d'activités. Les enfants ont levé les mains en chapeau pointu au-dessus de leurs têtes, évoquant une troupe d'elfes de Noël.

Plus d'une fois, elle s'était demandé ce que ça ferait d'être Sophie. Pas la transfuge du Ghana dotée d'une vaste fratrie et d'une ribambelle de cousins, mais la fille grande, assurée, jamais maladroite, toutefois souvent cassante et aussi sombrement mystérieuse que les vêtements noirs qu'elle porte quasiment en permanence.

Affirmée, Sophie érige autour d'elle des murailles mouvantes que Cendre lui jalouse.

Alors qu'elle commence à fantasmer sur tout ce qu'elle aurait pu dire à Pauline, un bruit métallique vient lui érailler les oreilles à intervalles réguliers.

Liam tourne sa cuillère dans sa tasse. Il a eu le temps de ranger son dossier, son carnet et son stylo et la dévisage avec une certaine curiosité.

— Tu es revenue ?

— Je suis… partie pendant longtemps ?

Elle a presque peur de la réponse.

— Une minute et trente-huit secondes à la pendule du mur. L'activité se termine dans cinq minutes.

Elle pousse un grognement et enfouit son visage dans ses mains.

— Tu as un diagnostic ?

— Quand j'ai eu une absence pendant un cours de conduite, on m'a mise à la porte en me disant d'aller consulter, alors j'ai pris rendez-vous. Mes parents s'y étaient tellement habitués qu'ils n'ont pas vraiment compris où était le problème. Mais ma sœur, Mathilde... !

— La mère d'Erwan ?

— Elle travaille dans l'import-export, fait du Pilates à cinq heures du matin... et est partie en voyage d'affaires en me déposant le petit en toute urgence.

— Ah. Je vois mieux pourquoi il parle comme un mini-chef d'entreprise. Donc, tu es allée consulter quelqu'un ?

— Oui. J'avais écrit un texte, pour être certaine de savoir quoi dire ! En fait, on a mis deux séances pour remplir un questionnaire sans que je puisse développer ou expliquer mes réponses. Je me rappelle que pendant la session tout entière, j'ai levé le doigt quand je voulais me justifier.

Elle mime le geste en sautillant comme une puce excitée, s'attirant un sourire amusé.

— Mais non ! Il fallait juste cocher des cases sur une échelle de 1 à 10. À cinquante euros la séance, c'était un peu cher payé pour m'entendre dire des choses qui ne me correspondaient pas vraiment et qui pathologisaient mon activité cérébrale... Enfin, j'admets quand même que j'ai un problème.

— C'est avéré ?

— Le psy avait appelé ça « le trouble de la rêverie compulsive », mais il y a très peu de littérature à ce sujet.

— Et il avait réussi à t'aider ? demande Liam qui reprend sa tasse pour la vider d'un trait.

— Pas vraiment. Ou plutôt, c'est moi qui ne voulais pas me « faire aider » ou qui trouvais la solution trop détachée de ma vie quotidienne. Je me rendais à l'hôpital, les couloirs étaient blancs, le psychologue portait une blouse, il fallait remplir des questionnaires. J'avais vraiment l'impression d'être traitée comme un monstre juste parce que j'ai une imagination surdéveloppée qui empiète un peu sur la vie réelle parfois.

— « Un peu... parfois », ironise Liam avec bienveillance. Tu sais, je te regardais...

Cendre parvient à éviter de s'étrangler sur sa salive.

— ... et tu n'es absolument pas détachée quand tu expliques, quand tu parles de ta passion ou de ton travail. C'est comme un petit ordinateur qui tourne...

— Un compliment d'informaticien ! Merci, je vais me le noter !

Il lui adresse une moue qui cède le pas à un sourire radieux.

— Quand on a fait l'exercice sur les synonymes et la synesthésie, c'est Jérémy et toi... ainsi que Gérard, qui avez le plus participé. Tu trouvais des mots et des concepts à une vitesse extraordinaire et tu avais oublié d'être timide.

Pour la énième fois en une semaine et demie, cette révélation frappe Cendre de plein fouet.

— Et ce n'était pas une question de langue maternelle, continue Liam. Je ne suis pas doué sur ce point et quand j'ai discuté avec Ulrike plus tard, elle m'a dit la même chose. Elle préfère avancer plus lentement et elle est vraiment complexée par son manque de créativité.

— U-Ulrike ? balbutie Cendre. Elle est parfaite ! Elle est comme ma sœur, mais sans la langue de vipère.

— C'est gentil pour ta sœur ! Personne n'est parfait, Cendre, tu le sais. On peut être compétent, concentré et précis, comme Ulrike, sans chercher à sortir des sentiers battus.

— Je ne sors pas des sentiers battus... proteste vaguement Cendre.

— Ah non ? Pourtant, tu travailles dans une branche créative, tu déchires en com' et tu as une imagination débordante. Prends notre projet, par exemple : on a prévu de créer une solution innovante, n'est-ce pas ?

Cendre ouvre la bouche pour dire non, mais la referme immédiatement.

Ce n'est pas la même chose qu'être artiste ou faire naître sous sa plume des récits extraordinaires ! C'est juste... apporter une solution à un problème existant.

Désarçonnée, elle passe en revue ses actions des dernières semaines. Est-elle vraiment une créatrice qui... ?

— Cendre ! l'interpelle Liam. Désolé d'interrompre ton introspection, mais on va récupérer Erwan dans deux minutes.

— Pardon. J'avais simplement une grosse remise en question parce que je ne me perçois pas comme créative. Je ne fais que mettre en valeur l'univers que d'autres ont développé à travers leurs livres.

— C'est déjà pas mal. Je t'envie de pouvoir travailler dans un métier de création et de contact. Je passe ma journée devant des lignes de code et ça ne me correspond absolument pas.

Avant que Cendre ne puisse l'interroger davantage, une musique sonore se fait entendre par la porte de la salle d'activités, suivie par des applaudissements.

Alors que plusieurs enfants se ruent sur les acteurs et leur demandent s'ils peuvent toucher les marionnettes, Erwan court vers sa tante pour la prendre dans ses bras.

— C'était génial ! Merci de m'avoir inscrit.

Il fait aussi un câlin à Liam qui le lui rend maladroitement. Ses mains immenses font la taille du dos du petit.

— C'est ta mère qu'il faudra remercier, répond Cendre.

— Tu dînes avec nous ?
Quand elle percute qu'il s'adresse à Liam, elle panique. Un courant électrique passe entre eux, une étrange sensation qui lui était inconnue jusqu'ici et qu'elle n'a pas envie de laisser filer.
— Ça me ferait plaisir que tu viennes, dit-elle enfin.
Elle sait qu'elle a bien fait en voyant ses yeux bleus pétiller.

***

L'interrupteur de la bouilloire se désenclenche avec un claquement et la diode s'éteint.
Enchaînant des gestes machinaux, Cendre prépare le thé. Sur le plateau se trouvent aussi une petite assiette remplie de biscuits gingembre-cannelle, du sucre brun, un flacon de miel liquide, un couteau, quelques cuillères et des tasses aux motifs festifs. Elle a déjà apporté la petite tasse de chocolat chaud qu'Erwan est en train de déguster au salon.
— Tu veux du lait ?
— Oui, s'il t'en reste, répond Liam.
Liam !
Elle n'arrive pas à croire qu'il soit vraiment là ! Cet événement impensable en début de semaine lui provoque une bouffée de chaleur.
Après une seconde de réflexion, elle comprend qu'elle est restée au-dessus de la bouilloire et que la vapeur a embué ses lunettes. S'emparant rapidement d'un torchon, elle rectifie le problème et soulève le plateau pour l'apporter au salon.
Arrivée dans l'encadrement de la porte, elle prend une grande inspiration avant de pénétrer dans la pièce.

Liam est là, sur son canapé, Highlander géant roux qui fait paraître minuscules ses coussins décoratifs. Elle a l'impression de se retrouver dans sa dernière romance Fantasifemme, sauf qu'à la fin de l'histoire, il ne va certainement pas retourner dans le temps vers un passé imaginaire.

Un livre à la main, il a le bras enroulé autour d'Erwan. Apparemment, l'enfant s'est à peine assis qu'il s'est à moitié assoupi contre le torse de l'immense Écossais.

À demi éblouie par les fossettes qu'elle aperçoit sous les poils de sa barbe, elle vient s'installer à côté de lui sur le petit canapé après avoir posé le plateau sur la table basse.

Elle sent une vague de chaleur l'envahir quand leurs coudes se frôlent.

— Qu'est-ce que tu regardes ? lui demande-t-elle en désignant le livre qu'il observait.

— *Sur des chardons ardents*, dit-il lentement en réprimant un sourire quand les abdos de Carlo font rougir Cendre. Je ne comprends pas le titre.

— C'est un jeu de mots, explique-t-elle. Être sur des charbons ardents, tu sais ?

Il n'a pas l'air de saisir.

— *To be treading on hot coals* ?

Le visage de Liam s'éclaire.

— Ton anglais m'impressionnera toujours. Et donc, Carlo a chaud ? C'est pour ça qu'il a oublié sa chemise ? poursuit-il en agitant le livre. Enfin, je suppose que c'est lui, puisqu'on ne voit pas sa tête.

Ils se sourient sans rien dire puis Cendre leur verse une tasse de thé.

— Du lait et un sucre ?

Il acquiesce et la regarde faire après avoir jeté un œil à Erwan qui dodeline toujours du menton contre son torse.

— Tu veux lui mettre un dessin animé pour le réveiller un peu ? souffle-t-il en fronçant légèrement les sourcils. Sans quoi il ne va pas dormir cette nuit.
— Bonne idée.
Cendre ébouriffe les cheveux de son neveu qui tente mollement de repousser sa main.
— Attends-moi, je vais chercher mon ordinateur portable, je crois que je l'ai laissé dans ma chambre.
En sortant du salon, Cendre ressent un froid soudain, comme si Liam était capable de réchauffer une pièce tout entière par sa simple présence. Repérant son ordi posé sur sa couette, elle s'en empare et revient vite.
Liam tend un bras.
— J'ai vu ton téléphone s'allumer.
— Oui, je l'avais mis sur silencieux, répond-elle en se dirigeant vers la table.
Curieuse, elle appuie sur l'écran tout en ouvrant son ordinateur et a la surprise de constater un appel en absence de Luca. Elle n'a pas le temps de s'interroger que le téléphone se rallume, affichant le nom de l'Italien.
Elle décroche rapidement.
— Allô ?
— Cendre, tu es là ?
— Euh, oui. Que se passe-t-il ?
Elle jette à Liam un regard déboussolé en lui murmurant « c'est Luca ».
— Jérémy ne va vraiment pas bien.
— ... j'en ai ma claque, entend-elle l'intéressé geindre en arrière-plan, si fort qu'elle doit décoller le portable de son oreille. J'EN PEUX PLUS.
Jérémy sanglote de façon si sonore dans le combiné qu'Erwan relève la tête.

— C'est à cause de la méchante dame ? demande-t-il d'une voix ensommeillée.
— Je ne sais pas, mon chaton.
— Tu ne veux pas passer ? lui dit Luca.
— Pardon ?
— Tu ne veux pas passer ? répète-t-il plus fort. Tu es son amie la plus proche.

Les regards de Liam et de Cendre s'entrechoquent alors que celle-ci voit voler sa soirée en éclats. Lentement, elle se tourne vers Erwan.

— Je babysitte mon neveu. Ça va être compliqué.

Elle se garde bien de mentionner la présence du Highlander.

— Tu ne peux pas trouver une solution, s'il te plaît ? Je ne sais pas quoi faire.

Alors qu'elle réfléchit à une excuse, les sanglots de Jérémy à l'autre bout du fil lui tordent les entrailles.

— Je... vais voir ce que je peux faire. Je te rappelle plus tard, lance-t-elle d'une traite.

— Je peux m'occuper d'Erwan le temps que tu y ailles, propose Liam. Je suis tonton, tu sais.

Elle le sait et n'a aucun problème à lui faire confiance, mais elle se sent quand même mal à l'idée de laisser son neveu pendant aussi longtemps...

— Vu la crise que Jérèm' est en train de faire, c'est parti pour durer un bon moment. Je ne voudrais pas t'obliger à rester ici si je rentre super tard.

Comprenant qu'il vaut mieux ne pas insister, Liam acquiesce.

— Je vais appeler mes parents pour voir s'ils peuvent venir te relayer. Ça ne te dérange pas ? Ils sont cool. Ma mère a les cheveux rouges.

— La mienne aussi, sourit-il.

— Je l'aime bien, Mamie Indra, marmonne Erwan, la joue toujours collée contre le large torse de Liam.

Cendre cherche le numéro du fixe des Hubert dans sa liste de contacts et appuie sur le bouton vert. Ça décroche au bout de trois sonneries.

— Mam... Ah, Papa. Écoute, j'ai un petit problème. Tu veux bien passer ?

Chapitre 18

Jérémy sanglote depuis dix bonnes minutes. Assise par terre sur un coussin décoratif, Cendre tente de le réconforter en posant une main sur son genou. Dans l'autre, elle tient le reste de l'emballage du panini qu'elle a acheté sur le trajet.

Ça fait presque trois quarts d'heure qu'elle est là et rien n'y fait.

Seul point positif, elle a reçu voilà une vingtaine de minutes un texto de son père pour lui confirmer qu'il resterait auprès d'Erwan pour la soirée. À son arrivée, l'appartement sentait bon le poisson et l'enfant dînait avec Liam.

Il est très bien, ton ami, s'était-il contenté d'écrire.

Elle repense à la rencontre au sommet entre Jacques Hubert et Liam McKellen, le puissant Highlander, et pour une fois, elle ne ressent pas le besoin de s'évader dans un scénario imaginaire.

— Je n'y arrive plus.

Jérémy se tapote les yeux avec un mouchoir trempé de larmes.

Assis à ses côtés sur le canapé, Luca a l'air vaguement paniqué. Son regard court partout dans l'appartement, comme s'il cherchait vainement quelque chose sur quoi se poser, une solution miracle au problème.

— Je vais démissionner.

— Hors de question, réplique Cendre. Après, si tu penses que tu serais mieux dans une boîte différente ou que tu as envie de te mettre en congé pour t'investir dans ta peinture, c'est autre chose.

Il renifle fort et se recolle le mouchoir sous le nez.

— Je te prépare une autre boisson chaude, marmonne Luca qui se rend à la cuisine sans se retourner.
On l'entend remplir la bouilloire d'eau et refermer le couvercle.
— Tu fais super bien ton travail, reprend la jeune femme.
— Je sais, mais je n'y arrive plus, je suis trop sensible.
Elle est bien placée pour comprendre. Ces deux dernières semaines sous l'égide bienveillante d'Assia l'ont forcée à admettre que l'ambiance dans laquelle elle baigne depuis deux ans et demi est malsaine et repousse les limites de l'acceptable.
La sonnerie du parlophone retentit.
— Je vais répondre, fait Luca depuis la cuisine.
Une voix masculine grésille dans le haut-parleur.
— C'est Markus. Je lui ouvre ?
— Bien sûr, dit Jérémy qui prend un autre mouchoir. Fais-le monter.
Quelques instants plus tard, on entend Markus retirer ses chaussures alors que Luca referme la porte derrière lui.
— Il ne va vraiment pas bien, murmure l'Italien qui s'efforce d'être discret.
— J'ai entendu, dit Jérémy en haussant la voix, la tête tournée vers eux. C'est bon. Je crois qu'à force, il a l'habitude.
Cendre fait mine de se relever, mais le réceptionniste lui fait signe de rester assise. Luca repart dans la cuisine tandis que le nouveau venu se pose sur le canapé. Jérémy lui adresse un sourire qui ressemble plus à une grimace.
— Je suis venu aussi vite que j'ai pu après ma répétition, dit Markus. Je n'ai même pas eu le temps de me démaquiller à fond.
À présent qu'il en parle, Cendre remarque que ses yeux sont encore encerclés de khôl.

— Vous faites de la danse ?

En dépit de son air gardé, il se confie sans hésiter.

— Oui. En ce moment, je prépare de nouveaux numéros pour un cabaret dans la vieille ville. Et on peut se dire *tu* maintenant, non ?

Cendre commence à comprendre pourquoi la méduse l'a également pris en grippe.

— Mais comment elle le sait ?

— De qui tu parles ? renifle Jérémy tout en s'essuyant le nez.

— De Pauline.

Markus a l'air complètement perdu, mais Luca comprend instantanément et hausse la voix depuis la cuisine.

— On parlait l'autre jour du fait que Pauline a appris que tu faisais de la danse et qu'elle te le fait payer, explique-t-il.

— Ah oui ! Cette histoire…

Le réceptionniste passe une main dans les épis de ses cheveux noirs et son regard perd de son assurance.

— Un jour, elle est arrivée au travail, s'est dirigée droit vers le desk et m'a collé l'affichette d'un de mes spectacles sous le nez. J'utilise un nom de scène, bien sûr, mais elle m'a reconnu sous le maquillage.

Il pousse un profond soupir et hausse les épaules comme pour se justifier.

— J'ai eu droit à des remarques pendant des semaines et la rumeur a circulé dans la boîte que je me produis dans des endroits peu recommandables devant un public qui ne l'est pas moins.

— Ah bon ? fait Cendre. Si ça peut te rassurer, je n'en avais jamais entendu parler avant maintenant.

Markus lui adresse un rare sourire et hausse à nouveau les épaules.

— Je n'en ai pas honte, c'est juste que je préfère ne pas étaler ma vie privée au travail et garder les deux univers séparés.

— Au moins, elle n'est pas venue te voir en spectacle... Elle s'étrangle sur sa salive quand les deux hommes la fusillent du regard.

— Elle... est... passée ?

— Je ne me concentre pas sur le public quand je danse, alors je n'ai rien remarqué avant la fin du numéro. J'ai salué et en me redressant, je l'ai vue assise à l'une des tables. Elle n'applaudissait pas et me regardait comme ça, sans ciller.

Il l'imite et Jérémy fait semblant de frissonner.

— C'était terrifiant ; j'ai eu l'impression de voir un zombi.

— Elle n'a pas pris de photos de toi, quand même ?

L'espace d'un instant, le visage de Markus reste impassible puis il détourne les yeux et hausse les épaules comme s'il n'avait plus envie de poursuivre la discussion.

Cendre et Jérémy échangent un regard tandis que Luca se détache dans l'encadrement de la porte.

— Elle t'a pris en photo ? demande-t-il d'une voix ferme qui n'admet aucune contradiction.

Markus doit le sentir, car il relève la tête et soutient leur regard à tous les trois avant de hocher la tête.

Sa froideur efficace s'est évaporée et Cendre ne peut s'empêcher de se sentir désolée pour lui.

— Elle... commence-t-il avant de s'éclaircir la gorge. Elle s'est arrêtée au desk le lendemain matin et m'a fourré son portable sous le nez. Elle avait pris des clichés de moi sur scène, parfaitement reconnaissable.

— Pardonne-moi de te demander ça, mais... c'étaient des clichés un peu tendancieux ?
Son embarras fait sourire Markus.
— Non, absolument pas. Du moins selon mes critères. J'étais simplement en justaucorps de danse classique recouvert de sequins et j'avais un maquillage exagéré. Avec les lumières, la scène, les rideaux... on voyait parfaitement que c'était un cabaret, sans que ce soit plus grave que ça.
— Elle t'a dit quelque chose ?
L'air irrité par la situation, Luca lève les yeux au ciel tandis que Markus cherche ses mots.
— Simplement qu'elle allait les garder au chaud pour plus tard et qu'elle a trouvé la représentation si réussie que ça aurait été dommage de ne pas en parler autour d'elle.
Cendre est troublée par cette menace de chantage.
— Encore une fois, je n'ai eu connaissance d'aucune photo qui aurait été diffusée en interne. Je pense que nous ne sommes pas les seuls au bureau à en avoir assez d'elle, énonce-t-elle lentement.
— En attendant, personne n'a rien fait pour se débarrasser d'elle, se désole Jérémy. Elle est intouchable.
— Personne n'est intouchable.
La réplique de Luca a fusé du tac au tac.
Soudain, Cendre devine une nouvelle facette de sa personnalité. Son côté latin charmeur s'est dissipé et il semble prêt à en découdre. La colère qu'elle avait entrevue chez lui lorsqu'ils avaient découvert la vitrine de Livrindigo fracassée s'est décuplée.
De son côté, Jérémy, accablé par une autre crise de sanglots, se cache le visage entre les mains.
Inflexible, Luca vient lui saisir le menton et le contraint à le regarder.
— On va monter un plan d'action.

— Opération *Faire virer la méduse* ? propose le réceptionniste.
— Je ne sais pas si j'oserai, mais je tope, dit Cendre en avançant une main sur laquelle Markus pose la sienne.
Luca se joint au mouvement et enfin, après une dernière seconde d'hésitation, Jérémy ajoute également sa main.
Son petit sourire déborde de reconnaissance et d'espoir.

***

Il est presque minuit.
Cendre tourne délicatement la clé dans la serrure pour ne pas réveiller Erwan.
Le minuscule couloir est plongé dans la pénombre, comme le reste de l'appartement.
S'efforçant de faire le moins de bruit possible, elle retire ses chaussures dans le noir et les pose sur le meuble. Malheureusement, en chaussettes, elle glisse sur les lattes du plancher et bascule. Alors que son sac à main s'écrase à terre avec un claquement sourd, l'arrière de sa tête heurte la lourde porte d'entrée, la faisant vibrer dans ses gonds.
— Choupinette ? susurre la voix de Jacques Hubert depuis le canapé du salon.
On entend des bruits de tâtonnement et quelques secondes plus tard, une lampe s'allume. La marque du coussin sur sa joue indique qu'il émerge d'un profond sommeil.
Il se frotte les yeux avec les poings.
— Ça va mieux avec ton ami ? souffle-t-il.
— Pas top, mais il a décidé de passer à l'acte, donc c'est déjà un début.
— Je n'ai pas trop compris le problème.

Cendre prend une profonde inspiration. Elle sait qu'elle va devoir confier à son père le secret de polichinelle qui assombrit ses journées de travail à Dreamcasting.
— Sa cheffe le harcèle.
M. Hubert perd toute sa jovialité et Cendre a l'impression de revenir au jour où il est venu la chercher dans le bureau de Mme Peyrac.
— Sa cheffe le harcèle ? La cheffe comptable ?
— Oui. Elle s'en prend à tout le monde, mais avec lui, ça atteint des proportions extraordinaires.
— Elle s'en prend à *tout le monde* ?
Le silence qui s'ensuit est lourd de sens.
— C'est le genre de femme qui est toujours sur ton dos, qui vient te débusquer jusque dans les toilettes quand tu as trois minutes de retard, qui cherche à t'humilier en public, si tu vois ce que je veux dire.
Un muscle se contracte dans la mâchoire de son père et elle regrette presque de s'être exprimée.
— Non, je ne vois pas, parce qu'on ne tolère pas ce genre de comportement dans mon département, assène-t-il. Les ressources humaines réagiraient immédiatement.
Cendre se mord la lèvre d'un air gêné.
— C'est ce qu'on a prévu de faire. Il va s'accrocher au cours des semaines qui viennent et on va tous rassembler le plus de preuves possible.
— C'est bien. C'est ce qu'il faut faire, dit M. Hubert en hochant la tête.
À présent parfaitement réveillé, il scrute sa fille avec des questions plein les yeux.
Ne me demande rien, l'implore-t-elle du regard. *Ne me demande rien sur Liam.*
Le temps paraît s'étirer pendant une éternité, puis il vérifie l'heure à sa montre.

— Les Uber roulent encore à cette heure-ci ?
— Bien sûr.
— Tu veux bien m'en appeler un ?

Chapitre 19

Jeudi 14 décembre, appartement de Cendre

Un poids pèse lourdement sur son épaule.
— Tata, tu dors encore ? Ça fait longtemps que je suis réveillé.

Cendre roule sur elle-même avec un grognement digne d'un ours mal léché des forêts de Roumanie. Crispée après les événements de la veille, elle sent poindre un mal de dos.
— Mon chéri, tu veux bien aller me chercher un verre d'eau ?

Elle rebondit légèrement sur son matelas quand Erwan en saute et se précipite vers la cuisine.
Elle tend le bras vers son portable.
5 h 25.
Un progrès depuis la veille.
Une icône l'informe qu'elle a reçu un SMS après minuit, quand elle dormait déjà.

Mathilde : Arrivée chez toi en voiture prévue pour 5 h 30. Prépare Erwan.

— Erwan ! s'écrie-t-elle quand il revient dans la chambre avec un verre. Ta mère vient te chercher dans 5 minutes, tu peux te brosser les dents et te peigner vite fait, s'il te plaît ?
— Et toi, Tata ? On dirait la méchante sorcière dans le dessin animé de Merlin.
— Je vais m'en occuper. L'important pour le moment, c'est de t'habiller toi. Tu te dépêches à la salle de bains ? En attendant, je vais te sortir des habits propres. Trois... deux... un... top départ !

Erwan sprinte vers la salle de bains dont il referme la porte dans un grand claquement. Pendant ce temps, Cendre traîne sa fatigue vers la minuscule chambre d'amis. En mode pilotage automatique, elle sort les habits du petit pour la journée et les dispose sur le lit. Jetant un coup d'œil autour d'elle, elle avise un livre, une trousse et un cahier sur la table de chevet. Elle les fourre rapidement dans le cartable tout en grommelant.

— Tata ! Tu viens voir ? lui crie Erwan depuis la salle de bains.

Elle s'exécute et trouve son neveu apprêté. Ses cheveux humides peignés ont été rabattus en arrière et il sent bon l'eucalyptus. Inspectrice des travaux finis, elle hoche la tête d'un air satisfait et lui dépose un baiser sur le front.

— Va t'habiller et replie ton pyjama dans ton sac de voyage, lui dit-elle d'une voix pressée. Je viens vérifier dans deux minutes.

Elle attend qu'il s'éclipse pour se confronter à son propre reflet. Elle ressemble plus à Chewbacca qu'à une sorcière ébouriffée, surtout du côté de sa frange qui part dans toutes les directions. *À la limite*, songe-t-elle, *je pourrais lancer un groupe de punk.* Se souvenant des spectacles de l'école primaire, quand ils devaient tous secouer des maracas en rythme, elle se brosse machinalement les dents tout en remuant le popotin.

La sonnerie du parlophone déchire le silence de l'appartement.

— Erwan ! Tu vas décrocher ? Si c'est Maman, appuie sur le bouton et déverrouille la porte.

Insouciant du sommeil des voisins, son neveu pousse un cri de joie.

— C'est Maman, revient-il confirmer avant d'ouvrir de grands yeux. Tata, tu n'es pas habillée ? Elle va te gronder.

À cet instant précis, Mathilde déboule en coup de vent. Les mèches légèrement ondulées qui s'échappent de son chignon adoucissent l'expression critique qu'elle arbore devant le pyjama de Cendre.

— Je ne te réveille pas, quand même ?
— Absolument pas.

Son ton est dépourvu de son mordant habituel. D'ailleurs, en observant bien son aînée, Cendre remarque que son anticerne est trop épais, comme si elle l'avait appliqué à la hâte en se regardant dans le miroir de sa voiture.

— Ça va ? ne peut-elle s'empêcher de lui demander.
— Oui, bien sûr. Pourquoi ça n'irait pas ?

Mathilde a tenté de lui répondre sèchement, mais puisque faire sa biatch est sa marque de fabrique, toute déviation de comportement devient visible comme l'Everest.

— Je crois que tu devrais venir te regarder dans le miroir de la salle de bains. Ton maquillage a coulé.

D'un geste machinal, Mathilde lève la main et se frotte le coin des yeux du bout des doigts comme pour en essuyer des larmes.

Cendre n'avait pas rêvé !

— Erwan, mon chaton, tu veux bien aller voir si j'ai tout mis dans ton sac ? demande-t-elle. Et après, tu mettras tes chaussures.

— Maman viendra t'aider pour les lacets, renchérit Mathilde dont la bouche a soudain pris un air très pincé. Je passe à la salle de bains.

— Je te suis, dit Cendre en lui emboîtant le pas.
— Je sais où c'est, merci.

Oubliant qu'elles sont adultes, les deux sœurs se livrent à un combat de coudes, l'une voulant aller se réfugier dans la salle de bains, l'autre ayant décidé de s'imposer pour essayer de lui faire cracher le morceau.

S'accrochant d'une main à l'encadrement de la porte, Mathilde essaye de repousser Cendre une bonne fois pour toutes. La joue écrasée par la paume de son aînée, celle-ci tente une feinte, se baisse brusquement et tourne sur elle-même. Pénétrant dans la salle de bains grâce à un dérapage à reculons, elle se raccroche au lavabo avant d'entrer en collision avec le bidet, se redresse et soutient le regard de sa sœur aînée d'un air triomphant.

— Bravo, 10 points, médaille d'or, la raille Mathilde qui essaye de reprendre le contrôle de ses traits et se remet à l'ignorer.

Avec une série de gestes brusques, elle détache son chignon et le refait rapidement, emprisonnant les mèches brunes qui s'en étaient échappées. Puis elle se pince les joues et s'approche du miroir en ouvrant de grands yeux afin d'examiner ses cernes sous tous les angles.

— C'est vrai que j'ai eu la main un peu lourde.
— Vous avez roulé toute la nuit ?
— Oui. On a atterri après minuit, on a récupéré notre voiture de location et on est venus chercher Erwan le plus vite possible. Je ne vais quand même pas en plus te demander de l'emmener à l'école.

Curieusement, sa voix n'est pas cinglante et elle se tourne vers sa sœur avec un petit sourire forcé qui lui donne un air à la fois pitoyable et désolé.

— Tu n'aurais pas le temps avant de partir au travail. Je ne veux pas être responsable d'un de tes multiples retards.

La pique rate complètement sa cible quand sa voix se brise. Cendre pose une main sur l'épaule de sa sœur qui lève les yeux au ciel, puis ferme très fort les paupières et secoue la tête.

— Mathilde... dit-elle d'un ton hésitant. Qu'est-ce qui ne va pas ? Ça s'est mal passé ?

— Tu peux le dire, geint sa grande sœur en se massant le dessous des yeux pour ôter l'excédent d'anticerne. C'était horrible. La présentation du projet a été une vraie catastrophe ! Ils m'ont posé plein de questions auxquelles je n'ai pas su répondre. Je ne sais pas pourquoi. On a dû mal effectuer nos recherches, se baser sur des informations erronées. Et puis ils ne nous avaient pas informés qu'ils avaient invité une autre entreprise le même jour, donc on a dû passer la journée d'hier à faire ami-ami avec nos concurrents directs alors qu'on était en position de faiblesse. Et crois-moi, ils l'avaient parfaitement compris ! Ils ont flairé le sang et se sont comportés comme de vrais requins.

Elle renifle, au bord des larmes, et Cendre s'abstient de lui dire que c'est généralement elle qui évoque ce carnassier. Malgré leur animosité de toujours, elle a mal de voir sa sœur dans cet état. Ou plutôt... elle ne l'a jamais vue comme ça, même le jour où elle n'avait pas obtenu la note maximale au contrôle de gestion pour lequel elle avait passé plusieurs nuits blanches.

— D'habitude, j'aime bien jouer des coudes, poursuit Mathilde.

— J'ai vu.

— En bref, on n'a pas décroché le projet, alors que comme des idiots, on avait déjà planifié ce qu'on allait faire avec la prime de signature.

— Vous avez déjà dépensé de l'argent que vous n'aviez pas encore ?

— Bien sûr que non, ne sois pas bécasse, reprend Mathilde qui commence à recouvrer du poil de la bête. Cela dit, on avait prévu des investissements et des placements avantageux, et s'il y a bien une chose que tu devrais savoir à mon propos, c'est que je n'aime pas perdre.

Elle a asséné ces dernières paroles tout en tiraillant légèrement sur son chignon.

— Je suppose que ça doit te passer au-dessus de la tête, dit-elle d'un ton étrangement dénué de méchanceté. Je veux dire... tu es créative et tu viens à peine d'entamer ta carrière.

Merci de reconnaître enfin que j'ai un emploi.

— C'est plutôt la branche dans laquelle tu travailles et les sommes que vous brassez que je n'appréhende pas. Je suis simple salariée et j'ai encore du mal à me projeter ailleurs qu'à Dreamcasting.

— C'est normal, c'est ton premier employeur, dit Mathilde en se tournant vers l'encadrement de la porte.

Erwan, tout apprêté, a son cartable sur les épaules.

Étonnamment, après l'avoir contournée pour serrer son fils contre elle, sa sœur aînée poursuit :

— Tu ne pourrais pas professionnaliser ton blog ? J'ai vu que tu avais plus de cent cinquante mille abonnés sur Instagram, mais quasiment rien pour le rentabiliser.

— Pas vraiment, répond Cendre, légèrement surprise que sa sœur se soit intéressée à son compte. Je reçois des petites commissions pour mes liens affiliés et les publicités sur mes vidéos YouTube. On vend un peu de papeterie. Je pourrais éventuellement faire des fiches de lecture pour des maisons d'édition, mais ce n'est pas très bien payé. Il y a beaucoup de compétition et je n'ai pas l'intention de quitter mon emploi pour me réorienter.

— Je comprends, fait Mathilde qui caresse toujours les cheveux d'Erwan. J'ai été surprise que tu te lances dans une alternance tout de suite après le bac. Je pensais que tu serais partie en fac de lettres pour faire des études de littérature... ou bien... ce que fait ton amie Sophie ?

— Licence Métiers du livre ? Tu sais, avec moi, c'est constamment le même problème. Avec mes soucis de concentration, j'aurais galéré à rester assise dans les amphis à prendre des notes. Et puis... je ne sais pas si j'aurais pu me le permettre.

Mathilde a l'air presque offusquée.

— Mais de quoi tu parles ? Et comment elle fait, Sophie ?

— Elle peut prétendre à plus d'aides financières que moi, explique Cendre. Elle a aussi de la famille à Lyon qui peut l'aider et elle se fait des cachets vraiment corrects quand elle a un shooting photo ou une mission de voix off. Et comme elle a plus d'énergie et d'allant que moi, elle trouve des petits boulots sans problème. Perso, j'ai un peu plus de mal à m'organiser. Je pars toujours en retard, je rate mes arrêts de tram...

— Tu rates tes arrêts de tram ? articule Mathilde. Mais... pourquoi ?

Elle regarde sa petite sœur comme si son cerveau buggait.

— Je suis perdue dans un livre. Je me dis de faire attention, puis je pense à autre chose. Je laisse tomber mon sac en me relevant et les portes se referment avant que j'aie le temps de sortir. C'est pareil à la maison. J'ai beau me lever à l'heure, j'ai du mal à rester suffisamment concentrée pour avoir une routine matinale.

— Tata ne fait pas du P'lates comme toi, cafte Erwan à sa mère.

— Je m'en serais doutée, répond celle-ci avec un sourire dénué de sa raillerie habituelle. J'ignorais que c'était aussi difficile pour toi. Je pensais juste que... bon... tu sais...

— Que je faisais exprès ? Que je ne savais pas faire d'efforts ? s'emporte légèrement Cendre avant de se contenir devant son neveu. Non, j'ai réellement besoin de plus de temps que les autres pour effectuer les gestes du quotidien, donc mon alternance puis mon boulot à Dreamcasting juste après le bac, c'est la bonne planque. Je n'aurais jamais pu faire ce que toi, tu as fait : avoir un enfant aussi jeune, pendant mes études, réussir à passer mes examens malgré tout et me lancer dans une carrière exigeante.

— Ce n'est pas pareil. La famille de Pierre-Yves nous a aidés et j'ai eu la chance d'avoir une grossesse qui est passée comme une lettre à la poste.

Elle fait mine de poster une enveloppe pour faire rire Erwan. Cendre sourit aussi, omettant de mentionner la césarienne en urgence et les deux familles paniquées qui se réconfortaient mutuellement dans la salle d'attente.

— Tata est arrivée en retard au travail, alors ? poursuit Mathilde pour changer de sujet, tout en coulant à sa sœur un regard nouveau que celle-ci ne parvient pas à interpréter.

— Tu vas vraiment cafter Tata ?

— Non ! rit l'enfant. On est arrivés pas trop en retard au travail et même avec cinq minutes d'avance à la bibliothèque… avec Liam.

Le visage de Cendre se fige alors que le temps s'arrête dans la salle de bains et partout ailleurs sur la planète.

— Liam ? Voilà un nom qui m'est inconnu. C'est anglais, non ?

— Il est Écossais, la renseigne Erwan qui se met à raconter l'histoire à toute vitesse. Il ne connaît pas autant de dessins animés que Jérémy, mais il est très gentil. Il m'a gardé hier soir en attendant Papi et il a aidé Tata contre la méchante dame, au bureau.

Les sourcils de Mathilde viennent rejoindre la racine de ses cheveux. N'ayant vraiment pas envie d'aborder le sujet de Liam, Cendre se concentre sur l'histoire de la confrontation.

— C'est Pauline, la responsable de la compta. Je t'ai déjà parlé d'elle ? Elle rend la vie impossible à Jérémy... et à tout le monde, d'ailleurs. Il a fait une crise hier soir et j'ai dû aller le rejoindre en urgence. J'ai confié Erwan à Liam le temps que Papa arrive.

Mathilde, figée, n'a aucune réaction.

— Il a préparé du poisson, dit son fils. Puis Papi est arrivé et je me suis endormi devant un dessin animé.

Cendre observe toujours sa sœur qui a l'air de bloquer. Elle tente de relancer la conversation.

— Jérèm' ne va pas bien en ce moment. Pauline est particulièrement odieuse. Un autre collègue m'a alertée. Il avait peur qu'il fasse une connerie et j'ai été contrainte de passer.

Du haut de ses sept ans, Erwan décide d'intervenir.

— La méchante dame s'est moquée de lui en disant que ses parents seront soulagés quand il aura des enfants. Et puis elle a cru que Tata était ma mère célibataire.

Les deux sœurs clignent des paupières en même temps.

Mathilde reste vaguement choquée. Plaquant une main sur sa poitrine, elle recouvre enfin l'usage de son corps puis tire la même tête que lorsqu'elle avait démonté le sergent Pilon.

— Jérémy... des enfants... De quoi elle parle ? Elle ne le discrimine quand même pas à cause de sa sexualité ? Tu sais que c'est très grave ? Il a essayé de saisir les ressources humaines ?

Cendre ne sait pas pourquoi elle ressent le besoin de minimiser.

— Ce ne sont pas vraiment des discriminations. Elle ne lui donne jamais d'évaluations négatives pour son travail. C'est même le contraire, parce qu'il est vraiment bon.

— Je sais, renchérit Mathilde. On avait discuté de son évolution de carrière quand j'étais passée voir son exposition.
— Première nouvelle pour Cendre.
— Au quotidien, Pauline s'en prend à tout le monde, se lamente-t-elle. C'est le genre de personne qui vient coller le nez dans ton plateau-repas pour compter les calories.
— Des petites piques constantes ? tente de clarifier Mathilde avec une absence déroutante d'autocritique.
Elles s'entendent si bien ce matin que Cendre ne va pas le lui faire remarquer.
— Gérard a dit qu'elle était le vaisseau mère de la planète des Gros Lourdauds, résume Erwan avec un grand sourire.
— Gérard ? Un monsieur du travail de Tata lui a dit ça en face ? Ça n'a pas mis de l'huile sur le feu ?
— Non, c'était après son départ, précise Cendre qui se remémore l'événement avec une certaine tendresse. On s'était réfugiés près de la table des rafraîchissements.
— Avec Liam ?
— Euh, oui.
Un silence s'éternise dans la petite salle de bains alors qu'Erwan se trémousse et regarde successivement sa mère et sa tante.
— C'est juste un collègue de la formation, se justifie rapidement Cendre. On doit présenter un projet en binôme, alors on est allés travailler à la médiathèque pendant qu'Erwan participait à son atelier contes.
— Un projet ?
— On a prévu de créer une maquette de site en interne pour faciliter les déplacements et les séjours lors de formations à l'international. Tu sais, avec des conseils sur les lieux à visiter, quelques éléments culturels, un annuaire

des anciens participants... Jérémy et moi sommes les seuls stagiaires issus de notre antenne et je ne m'étais pas rendu compte que les autres avaient reçu très peu d'informations.

Mathilde hoche la tête d'un air enthousiaste, validation dont Cendre n'a pas l'habitude de faire l'objet. Malgré son épuisement, elle ressent une étincelle de chaleur dans son plexus.

— C'est bien. Ce serait même digne d'être financé par l'entreprise sur le long terme. Donc, pas de petit ami écossais à présenter à la famille à Noël ? enchaîne-t-elle sans avoir repris sa respiration.

— Non, malheureusement... Je veux dire qu'on est simplement camarades de formation.

— C'est dommage. Des filles au bureau parlent souvent d'une série qui s'appelle *Innlander*. Elles m'ont envoyé des GIF et je trouve l'intrigue intéressante.

Se remémorant la plastique irréprochable de « l'intrigue », Cendre est heureuse que sa sœur et elle partagent enfin un point commun. Elle aimerait que ce moment étrange et inattendu s'étire à l'infini, mais des bruits de klaxon intempestifs viennent déchirer la quiétude matinale.

Mathilde retourne dans la pièce principale pour récupérer à la hâte les affaires d'Erwan.

Alors que son mari réveille l'intégralité de l'immeuble, son regard redevient ferme et ses lèvres se pincent. C'est comme si la conversation dans la salle de bains avec sa petite sœur ne s'était jamais produite.

— Merci d'avoir gardé Erwan ! Tu viens, mon chéri ?

Lui laissant à peine le temps d'étreindre Cendre, elle l'alpague par le col de son pull-over.

— Pas besoin d'enfiler ton manteau. On monte direct dans la voiture. Cendre, tu ferais mieux de commencer à te préparer pour ne pas arriver en retard.

Celle-ci hoche machinalement la tête.

La trêve a été de courte durée.

— On se voit au réveillon ! s'écrie Mathilde dans la cage d'escalier.

— À bientôt, Tata !

Une fois la porte d'entrée refermée, l'appartement semble étrangement vide.

Se grattant le crâne pour essayer de dompter ses cheveux toujours en bataille, elle retourne vers la salle de bains. Son sourire l'a complètement désertée. Les Highlanders en kilt qui ont peuplé ses rêves ont remballé leurs tartans et sont repartis dormir sous les landes où ils reposent depuis des siècles, leurs squelettes rongés par la mousse.

Elle se lave rapidement les mains à l'eau chaude pour chasser cette image morbide, mais c'est trop tard. Elle est certaine que la chaleur d'Erwan demeure dans le petit lit dans lequel il a passé la nuit.

Sa tête a laissé un creux dans l'oreiller.

Aucun Crayola ne traîne sur la table de chevet.

Son sac n'est plus là.

Elle ne sent plus ses petits bras autour de sa taille.

Plus rien pour la faire réagir, pour la surprendre.

Il ne lui reste que son appartement vide... et les récits contenus dans ses milliers de livres qui – à présent qu'elle commence à y goûter – ne parviennent plus à remplacer la vie, dans ses joies et ses douleurs.

Tout en se séchant soigneusement les mains avec une serviette, elle lève enfin les yeux vers son reflet qu'elle avait jusque-là évité.

Son expression vide la surprend.

Même ses taches de rousseur échouent à égayer son teint.

Elle se sent triste, creuse, bloquée dans un présent dont l'avenir est si lointain que les heures qui y mènent semblent lugubres et mornes, insurmontables.

Le cœur serré par le poids inattendu de sa solitude, elle ne retient plus ses larmes qui se mettent à couler.

Chapitre 20

Vendredi 15 décembre, cafétéria de Dreamcasting

Le cliquetis des couverts dans les assiettes ne pénètre pas la conscience de Cendre. Elle mange, boit, sourit vaguement et répond par monosyllabes aux questions qu'on lui pose. Toutefois, l'obscurité glaciale qui s'est emparée de son cœur devant le miroir de la salle de bains le matin du départ d'Erwan ne s'est pas encore dissipée. Au contraire, ses racines s'épaississent au fil des heures, alors qu'un constat s'impose lentement à l'esprit de la jeune femme.

Encore quelques jours et c'est fini. Je retourne à ma petite vie ordinaire, enrichie de meilleures compétences, mais toujours aussi seule.

Du coin de l'œil, elle remarque que Luca n'écoute personne et que son attention se perd vers le fond de la pièce. En suivant son regard, elle repère la méduse qui critique la salade de sa voisine de table.

Décidément, si l'urticaire prenait forme humaine, il s'appellerait Pauline.

Jérémy lui donne un coup de coude.

— Tu as une petite mine depuis ce matin. Ça va pas ?

— Pas trop, non, avoue-t-elle.

Le regard mobile de Luca se pose immédiatement sur elle.

— C'est à cause de la *strega* ?

— La quoi ? demande Jérémy.

— La sorcière, explique Cendre. Attention, parce que j'ai un grand respect pour les guérisseuses, les sages-femmes ou les prétendues sorcières. Ma mamie Léontine est capable d'apaiser certaines douleurs par imposition des mains. Il y a des gens qui font le déplacement jusqu'à

Veules-les-Haies juste pour se faire soigner. Le couple qui tient le *bed and breakfast* est ravi.

— C'est pour ça que le prêtre était venu pratiquer un exorcisme ?

— Non, c'était à cause des goûts musicaux de Papi.

Le silence se fait autour de la table. Pour la énième fois après avoir ouvert la bouche, Cendre a l'impression de pouvoir entendre les gens cligner des paupières.

— Chacun son hobby, dit Gérard. D'ailleurs, ne le prenez pas personnellement, mais j'ai hâte de rentrer pour aller m'isoler un peu dans mon jardin. Tu comprends, toi, non ?

Il se tourne vers Ulrike qui hoche la tête et s'explique.

— J'ai grandi à la campagne, moi aussi, dans la... C'est quoi le mot ? La ferme pour chevaux de mes parents ?

— Tes parents ont un haras ? C'est fantastique, s'extasie Assia.

— Oui, enfin...

L'Autrichienne détourne légèrement le regard.

— C'est de là que tu tiens ton calme et ta maîtrise ? embraye Gérard comme pour lui éviter d'avoir à répondre. Parce que tu as l'habitude de gérer des bêtes ?

La jeune femme éclate d'un rire cristallin.

— Je ne dirais pas exactement ça. Je peux être très entêtée, quand je veux.

— J'avais remarqué, merci.

Elle réagit par une petite moue amusée.

Cendre se demande quel est le secret d'Ulrike pour rayonner autant. Ce qu'elle avait pris pour de la froideur au début n'est en fait qu'un tempérament posé, une main de fer dans un gant d'équitation. Elle s'imagine parfaitement Ulrike en selle, parcourant les kilomètres avec aisance et une irréprochable maîtrise d'elle-même et de sa monture.

N'ayant jamais grimpé sur un cheval, elle ne sait pas ce qu'on ressent quand on ne fait qu'un avec un animal, qu'on le guide et qu'on se laisse guider, peut-être vers une grotte, comme le valeureux Callum MacGregor...
Jérémy lui redonne un coup de coude.
— Tu es restée dans les nuages toute la matinée. C'est parce qu'Erwan est reparti ?
Sentant le poids des regards braqués sur sa personne, Cendre se réfugie immédiatement dans son esprit.
Peine perdue, tout lui revient en force, décuplé par la sensation désarçonnante d'être seule parmi tous, une enfant parmi les adultes, une rêveuse parmi des humains qui maîtrisent leur trajectoire. La crise de Jérémy, la trêve avec sa sœur, l'indignation de cette dernière face au comportement de Pauline, la discussion à propos de l'expo de peinture, le masque qui s'était remis en place dès les premiers coups de klaxon, le vide dans la chambre d'Erwan... la solitude...
Soudain, elle sent sa lèvre inférieure se mettre à trembler et sa vision devient floue. Elle tente de se lever, mais se prend les pieds dans sa chaise et retombe aussitôt dessus. Durant la milliseconde qu'a duré sa tentative de fuite, Assia a extrait une serviette en papier du présentoir et la lui a fourrée sous le nez.
— Je... je suis désolée, hoquette Cendre. Je ne sais pas ce qui me prend. Je...
— Ce sont les nerfs d'avant le week-end, ma belle, la rassure Luca. Ça va passer. Ou bien c'est la *strega* qui t'a dit quelque chose ?
— Non, non. Elle ne m'a rien dit aujourd'hui. C'est simplement que... pourquoi tu ne m'as pas dit que Mathilde était venue voir ton expo ?
Jérémy ouvre des yeux effarés.
— Quoi ? s'écrie-t-il. Mais de quoi tu parles ? Qu'est-ce

que Mathilde a à voir là-dedans ?

Quand Luca lui file un coup de coude en douce, il lui coule un regard impuissant.

— Enfin… oui, elle est passée à l'expo un jour où j'étais sur les lieux. Elle m'a abordé, s'est présentée et on a discuté pendant un moment. Elle était très sympa, d'ailleurs. J'étais surpris.

Le silence se poursuit alors que Cendre s'essuie les yeux.

— Je lui avais montré le flyer, chouine-t-elle dans un grand reniflement. Je ne savais pas qu'elle m'écoutait quand je parle.

— Tu veux un autre dessert ? lui demande Gérard du tac au tac.

— Tu sais… commence Ulrike en même temps.

Ils se regardent et se sourient. Cendre secoue la tête en direction du Belge.

— Quand j'avais ton âge, reprend l'Autrichienne, je faisais encore des compétitions d'équitation. Je n'étais jamais nerveuse avant, parce que la tension montait si progressivement au fil des semaines que je ne la sentais plus. Je ne pensais pas que j'allais craquer, mais un jour, j'ai fait une très mauvaise chute pendant une compète… et après, j'ai dû arrêter.

Les yeux voilés par une tristesse indicible, elle pousse un grand soupir.

— Cendre, je ne te dis pas ça pour te décourager, mais parfois, c'est bien de souffler un peu quand on est stressé. C'est… Comment on dit ?

— Une soupape de sécurité ? propose Gérard.

Cendre ne peut s'empêcher de leur adresser à tous un sourire reconnaissant. Ses larmes se sont taries, mais elle a encore le bout du nez tout mouillé. Elle l'essuie rapidement et parcourt la table du regard.

— Je suis désolée, répète-t-elle. Pardon, Jérémy. J'ai toujours peur de passer pour une empotée.
— Une quoi ? souffle Luca à Jérémy.
— Le mois dernier, elle a pris le tramway avec un soutien-gorge accroché à son bonnet.

Luca écarquille les yeux et les sourcils de Gérard se remettent à danser.

— Je suis désolée de me donner en spectacle.

Jérémy la saisit par les épaules.

— Songe que c'est bientôt Noël. Tu vas pouvoir te détendre avec un bon livre de Highlanders pendant quelques jours.

— Ah, tu me connais ; un Écossais et ça repart !

Quand tous se tournent vers Liam ou l'évitent carrément du regard, elle ressent à nouveau l'envie de retourner sous terre.

Assia vient à sa rescousse.

— Tu sais, c'est normal de ressentir de l'incertitude quand on est en période de transition et qu'on s'apprête à sauter le pas.

— Je crois que je n'avais pas envisagé de changer autant en deux semaines, avoue la jeune femme. C'est la première fois que je fais quelque chose avec un groupe d'adultes.

— Hé, on n'est pas si vieux que ça ! proteste Luca. Ma *mamma* me dit que je suis un très beau jeune homme.

— Cendre, reprend Assia, je crois que ce qui est important pour toi maintenant, c'est de décider de ce que tu vas faire à l'issue de cette formation.

— Que veux-tu dire ? Tu veux parler de mettre en place ce que j'ai appris côté logiciels et communication ?

— Pas seulement. En tant que formatrice, je dois dire que je suis impressionnée de voir quelqu'un d'aussi jeune gérer ce qui est techniquement bien plus qu'un simple

hobby en parallèle d'un emploi à temps plein.
Cendre cligne des paupières.
— De quoi parles-tu ?
— Ton blog avec ses milliers de chroniques, tes réseaux qui comptent des dizaines de milliers d'abonnés. Et tout ceci est soutenu par des plages de lecture intensives, de la planification, de la com' et beaucoup d'heures de travail par semaine, réparties sur plusieurs années. Je me trompe ?
Ayant suivi le processus quasiment depuis les débuts, Jérémy hoche vigoureusement la tête quand Cendre est trop prise au dépourvu pour répondre.
— Quand elle est arrivée dans l'entreprise, révèle-t-il, elle ne prenait parfois pas de pause-déjeuner pour pouvoir lire et rédiger ses textes. La première fois où j'ai réussi à la convaincre de nous rejoindre pour prendre un pot après le boulot, j'ai fait la danse de la pluie. Puis elle est restée toute raide sur sa banquette à nous regarder comme au ping-pong.
— Je n'avais pas l'habitude de boire, se défend immédiatement Cendre. Je me suis sentie comme une plouc avec mon diabolo. On m'avait donné une paille, en plus…
— Hé, je ne te juge pas ! Tout ça pour dire que je ne connais pas grand monde qui serait capable de gérer la sorte de double journée que tu t'imposes au quotidien.
Cendre parcourt la table du regard. Les sourcils de Gérard font une embardée sympathique vers le plafond.
— Je dois passer le même nombre d'heures que toi sur ton blog auprès de mes enfants et de mon jardin, confie-t-il, et je peux te dire que je suis épuisé. Cela dit, à la quarantaine, tout m'épuise. C'est pour ça qu'il faut faire les choses quand tu es jeune. Après, tes genoux se font la malle.
Assia part d'un grand rire qu'on ne lui a encore jamais entendu. Elle dissimule sa bouche derrière ses doigts et hoche vigoureusement la tête. Elle a l'air plus jeune, comme si elle sortait de son rôle de formatrice pour n'être plus

qu'une femme.
Ulrike se joint à la conversation.
— Je te comprends, Cendre. Quand j'étais plus jeune, je ne vivais que pour l'équitation.
— Mais maintenant, tu travailles dans une tout autre branche. Tu as juste arrêté parce que tu as eu un accident ? demande Cendre.
Devant son air défait, elle a l'impression d'avoir fait une boulette.
— Pas entièrement, poursuit rapidement Ulrike, mais quand on fait une chute aussi grave que la mienne et qu'on est immobilisé pendant un moment, ça laisse des traces. J'ai dû tout remettre en question et trouver un autre moyen de soutenir... de me soutenir financièrement. Toi aussi, tu pourrais vraiment évoluer. Ce que tu fais avec ta plateforme est génial ! J'ai foi en toi. Parfois, dans la vie, il faut juste avoir confiance en ses capacités

Avec un pincement de honte, Cendre se rend subitement compte qu'aveuglée par ses propres insécurités, elle a émis des jugements hâtifs. Ulrike n'est pas froide et distante ; elle a un cœur passionné. Elle songe à Gérard et son jardin. Liam et sa timidité. Luca et sa chaleur taquine.

Ont-ils également perçu quelque chose d'insoupçonné sous ses accès de rêverie incontrôlables ?

Ses larmes oubliées, elle revient au présent et accroche le regard de chacun. Avec un sourire, elle se tourne vers celle qui est le point d'ancrage de leur groupe disparate.

— Tu es revenue parmi nous ? lui demande Assia.
— Plus que jamais, répond la jeune femme avec une assurance renouvelée. Dis-moi, que représente le pendentif que tu portes autour du cou ? Tu joues constamment avec.
— Ah ! C'est mon mari qui me l'a offert pour nos fiançailles. Il aime beaucoup les hirondelles et il m'a dit que contrairement à elles, je fais toujours son printemps !

C'est peut-être pour ça que je me sens pousser des ailes.

Chapitre 21

Mercredi 20 décembre, Livrindigo

Liam : On se retrouve toujours demain soir à Livrindigo après la formation ?
Cendre : C'est bon pour moi.
Liam : Je n'ai pas emporté mon kilt dans ma valise. Dommage.

***

La légère bruine qui s'est mollement abattue sur Granfleur en début d'après-midi a humidifié les pavés. À l'entrée de la zone piétonne, Cendre part en dérapage vaguement contrôlé sur un emballage de barre chocolatée. Liam lui épargne la chute de justesse. Accrochés l'un à l'autre, ils glissent ensemble sur une dizaine de centimètres tels les patineurs artistiques les moins gracieux du monde. Quand ils s'immobilisent enfin, ils se regardent dans les yeux et éclatent de rire sans se lâcher. Cendre se dit que c'est une chance qu'elle n'ait pas entraîné la grosse carcasse de Liam dans sa chute. S'il s'était écroulé sur elle, il l'aurait sûrement écrasée. Comment l'aurait décrit Gladys McIntyre, la reine des romances historiques écossaises ?

Perdue dans ses pensées, dame Cendre n'a pas vu le pavé inégal à l'entrée de la baille. Le heurtant de la pointe de son chausson, elle perd l'équilibre.
C'est sans compter sur les gestes prompts de son champion ! Rapide comme l'éclair, sire Liam tend vers elle son bras puissant. Le maniement de l'épée a sculpté les muscles qui ondulent sous sa cotte de mailles et dame

Cendre, à son grand désarroi, sent vibrer en elle la chanson de l'attirance.

— Euh, ça va ? Je peux te lâcher maintenant ? demande Liam qui agrippe toujours fermement ses bras.

Secouant la tête pour se reprendre, elle lui adresse un sourire désolé.

— Quelle histoire te racontais-tu ?
— Comment sais-tu que je me racontais une histoire ?
— Tu viens de me le confirmer.
— Je réécris souvent ma réalité à la sauce romance, admet-elle en rougissant légèrement.
— Ça veut dire que quand tu me vois, tu m'imagines en kilt ?

Touché !

— Je ne vais pas te mentir. Avoue quand même que c'est sexy !
— Les mollets poilus sous des chaussettes en laine ? dit-il en tirant sur son pull. Superrrr.
— Tu me vends du rêve...

Quand il pousse la porte de la librairie, son éclat de rire résonne contre les arches du plafond.

— C'est vraiment magnifique, souffle-t-il en levant la tête.
— Je ne m'en rends plus compte. J'y suis peut-être trop habituée.
— À Rouen aussi, il y avait de jolies choses.
— La cathédrale Notre-Dame, je suppose ?
— L'escalier de l'École nationale supérieure d'architecture. Celui qui ressemble à du Escher.

Cendre se tourne lentement vers lui.

— Si tu t'intéresses tellement au design et aux espaces, pourquoi es-tu devenu informaticien ?

Liam ouvre et referme la bouche plusieurs fois comme un poisson hors de l'eau.
— Tu n'es pas forcé de répondre, tu sais.
— C'est pas ça. En fait, mes parents possèdent une entreprise familiale et ils m'ont poussé à faire des études « de bureau », ajoute-t-il en mimant des guillemets avec ses doigts. Je pense qu'ils voulaient que je les rejoigne dans quelques années ou dès la fin de mon cursus.
— Dans quel secteur ?
— Ils proposent des services de comptabilité d'entreprise et ont créé leur propre logiciel. Ça marche surtout pour les PME qui n'utilisent pas CIEL. L'année prochaine, ils prévoient de lancer une édition spéciale pour les autoentrepreneurs.
— Mais... c'est... génial !

Elle repense à son père qui ne sait même pas se commander un Uber.

Liam poursuit comme s'il n'avait rien entendu.

— Ils ont été ravis quand je suis parti étudier en France et que j'ai trouvé un emploi dans une multinationale. Ils se disent que lorsque j'intégrerai l'entreprise, je pourrai monter des succursales dans le monde francophone pour exporter le produit et développer la boîte. Ils en sont très fiers, tu sais.

Il marque un temps d'arrêt et la scrute comme pour voir s'il l'ennuie. Elle l'encourage d'un geste du menton.

— Ils sont issus d'un milieu modeste, alors ils sont fiers d'avoir pu nous donner tout ce qu'on voulait, à moi et à mes sœurs.

Ébahie par ce surplus d'informations, Cendre a trop de questions pour savoir laquelle poser en premier.

— Je sais que tu es tonton, mais pas combien vous êtes.
— J'ai deux sœurs un peu plus âgées. Je suis le bébé de

la famille.

Quand elle éclate de rire, Liam tire sur son pull-over puis se passe une main sur la nuque.

— Je sais qu'on parle d'un gros bébé, admet-il, mais ils me maternent beaucoup. Il y a une histoire... Je ne vais pas te l'expliquer, ce n'est pas le moment. On filme ta vidéo ?

Bien placée pour reconnaître une esquive quand elle en voit une, Cendre part à la recherche de Tiphaine. Ils la découvrent au rayon littérature jeunesse, une étiqueteuse à la main.

— Bonjour, tous les deux ! leur lance-t-elle avec un grand sourire. J'ai disposé les livres sur cette table. Cendre, tu peux aller chercher le trépied et le micro ?

La jeune femme file dans la réserve. Trente secondes plus tard, elle revient les bras chargés et retrouve Liam et Tiphaine au rayon romance.

Ils sont en pleine discussion.

— ... donc, je suis plutôt confiante.

— Qu'est-ce que j'ai raté ?

— La maison mère a bien reçu la pétition et a accepté de réévaluer l'offre de l'investisseur. Qui plus est...

Tiphaine s'interrompt pendant quelques secondes pour créer le suspense.

— Christophe Dézart a lancé une contreproposition très intéressante. Si Livrindigo accepte de racheter le local d'à côté, il serait prêt à fournir le fonds de commerce.

— C'est-à-dire ? demande Cendre, un peu perdue.

— Ça deviendrait une seconde antenne de son restaurant. Il voudrait faire un café qui s'appellerait Des livres et Dézart.

— QUOI ?

— Ça veut dire qu'au quotidien, explique Liam, Tiphaine n'aurait pas besoin de gérer la partie café et que

Dézart organiserait aussi l'événementiel.
Cendre en reste interloquée. Elle qui avait eu si peur de perdre sa librairie favorite entrevoit la lumière au bout du tunnel.
— Et tu auras une réponse quand ?
— Ils ont décidé de prendre encore quelques semaines pour réfléchir, alors pas avant début ou mi-janvier, pour des travaux après l'été. Tu ne peux pas savoir à quel point je suis contente, continue Tiphaine qui ferme les paupières.
— Je m'en doute.
— Vous êtes prêts à filmer le vlog ?
Rapidement, la libraire s'empare du téléphone de Cendre, l'installe sur le trépied et s'accroupit pour brancher l'anneau lumineux.
— Vous avez convenu d'un scénario pour le vlog ? Il y a le nouveau Gladys McIntyre que tu as acheté l'autre jour. Ah, le torse sans tête de Carlo ! s'exclame-t-elle en faisant semblant de s'éventer devant la photo de couverture.
Liam émet un petit hoquet amusé alors que Cendre aimerait rentrer sous terre.
— Tiph, on n'a rien répété. Je ne sais même pas si...
— J'ai accepté de participer, alors tout va, l'interrompt l'Écossais en tirant sur son pull. À moins que tu ne veuilles plus...
Il n'achève pas sa phrase.
— Si, bien sûr. Mais on n'a rien répété.
— Ce n'est pas grave, on a bien effectué un spectacle de patinage non artistique improvisé absolument remarquable tout à l'heure.
Cendre baisse la tête pour cacher un rire. Avec Sophie à Lyon et Jérémy en crise, elle n'a plus l'habitude de rire avec quelqu'un.
Radieuse, elle accepte le petit micro que lui tend

Tiphaine.

— Je suis désolée, dit cette dernière, mais il va y avoir pas mal de bruits de fond aujourd'hui. Cendre, tu pourrais présenter les sorties écossaises du mois et demander à Liam de les noter selon les stéréotypes. C'est d'accord ?

Cendre se tourne vers lui pour voir sa réaction. Enthousiaste, il tend l'index vers le micro pelucheux.

— C'est super ! On a déjà beaucoup parlé des stéréotypes écossais pendant la formation. Je parle dans la *moumte* ?

— Dans la quoi ?

— Dans la… ?

— La moumoute, précise une quinquagénaire derrière l'épaule de Cendre.

L'embarras de Liam est exacerbé par la rougeur soudaine de la jeune femme quand elle reconnaît Mme Michel, son ancienne institutrice.

— Madame Michel !

— Ça me fait plaisir de te voir, Cendre.

Encadré de rides qui se sont un peu plus creusées depuis leur dernière rencontre, son sourire est toujours aussi bienveillant.

— Moi aussi, madame. Ça faisait longtemps.

Mme Michel se tourne vers Liam et bascule tant la tête en arrière qu'elle vacille.

— Bonjour. Laura Michel. L'institutrice de Cendre à l'école primaire.

Il lui serre délicatement la main dans sa grande paluche.

— Liam McKellen.

— Je détecte un petit accent, dit Mme Michel qui dévisage le colosse écossais avec curiosité.

— Liam vient d'Édimbourg, intervient Cendre. On s'est rencontrés au cours d'une formation professionnelle.

— Oh, comme c'est intéressant ! Sais-tu si Sophie revient pour les fêtes de Noël ?
— Oui, elle arrive samedi.
Mme Michel n'a toujours de cesse de contempler Liam.
— J'espère la croiser, mais je passerai à Lyon au printemps de toute façon. Je suis marraine d'un festival culturel. Je m'arrangerai pour qu'on se voie.
— Laura, si ça ne vous dérange pas, dit Tiphaine, on doit enregistrer une vidéo.
Elle désigne son trépied et le micro que tient toujours Cendre.
La quinquagénaire les observe successivement et s'éloigne d'un pas faussement empressé.
— Pardon, je vais me mettre sur le côté et regarder, si ça ne vous dérange pas. J'aime bien visionner tes vidéos, Cendre.
— Ah bon ?
— Oui. Je suis ônnelaïne sur Instagram.
Alors qu'un groupe de curieux s'est rassemblé autour d'eux et que Cendre sent monter la pression, Tiphaine procède aux derniers réglages.
— Alors, comme d'habitude : vous n'oubliez pas de préciser le nom de l'enseigne. Vous voulez retirer vos manteaux et poser vos besaces par terre ?
Ils se débarrassent à la va-vite de leurs affaires et les écartent du champ de la caméra.
— Liam, je sais que tu es grand, mais fais bien l'effort de parler dans la moumoute, poursuit Tiphaine qui a toujours les yeux braqués sur l'écran du téléphone.
Alors que Cendre se penche pour faire glisser son sac plus loin, la main de Liam, qui a été plus rapide, frôle la sienne et ne se retire pas.
Un silence surnaturel s'abat sur la librairie et la vie lui

semble plus lumineuse qu'à l'ordinaire. Puis Liam se redresse et sa bulle se crève tout aussi promptement qu'elle s'est formée. Imitant le mouvement, Cendre carre les épaules et pointe le menton d'un air décidé. Elle se recoiffe la frange, remonte ses lunettes sur son nez et se tourne vers Tiphaine.

— Ça va, je suis bien ?
— Parfaite, ma belle ! Prêts ? Maintenant !

Cendre prend une grande inspiration et porte le micro pelucheux à sa bouche.

— Bonjour, toi ! C'est Cendre, de Nozinabook. Je suis ravie de te retrouver ici à la librairie Livrindigo, dans la zone piétonne du vieux centre de Granfleur. Comme tu le vois, Noël approche à grands pas et nous avons sorti les décorations et les lumières.

Elle fait un grand geste du bras.

— Avec toute la pluie qui nous tombe dessus, c'est LA saison pour passer de bonnes soirées chez soi, sous une couverture, en position *nozinabook*. Aujourd'hui, je vais te parler de romances écossaises – tu sais que ce sont mes préférées –, et pour m'aider, j'ai avec moi un beau Highlander. Bonjour, tu peux nous dire comment tu t'appelles ?

Elle lève le micro vers Liam.

— Bonjourrr !

Cendre regarde directement dans l'objectif en haussant un sourcil entendu.

— Je m'appelle Liam McKellen et je suis né à *Edinburrrrgh*.

— J'ai le pressentiment que la vidéo va recevoir des centaines de *likes*. Bon, le premier livre que je te présente est une romance historique autoéditée de Lulu Blame qui s'appelle *Un jeu de kilts*. Elle nous avait proposé jusqu'ici des récits contemporains. Liam, je vais t'énumérer les critères. Tu es prêt à juger ?

— Absolument.

— Référence écossaise dans le titre, avec jeu de mots en prime.

— Jeu de mots ? l'interrompt Liam.

— Oui. Jeu de kilts ; jeu de quilles. C'est un élément de l'intrigue, aussi incroyable que cela puisse paraître. Je continue : épée et château sur la couverture, personnage masculin avec un nom en « Mac », utilisation intempestive du mot *Sassenach*. Alors, qu'en penses-tu ?

Liam réfléchit en se grattant la nuque et esquisse un sourire en coin.

— C'est très bien. Cependant, je ne donne que quatre kilts sur cinq, parce que l'épée n'est pas une *claymore*.

— C'est quand même une très bonne note, dit Cendre qui s'empare du tome suivant. Celui-ci, je l'ai acheté il y a quelques jours. Ne me spoilez pas dans les commentaires ! C'est *Sur des chardons ardents*, par Gladys McIntyre. La couverture est digne des plus grands Fantasifemme. Qu'en dis-tu ?

Liam lui retire délicatement le livre des mains.

— Je peux voir ? Illustration de landes écossaises avec un château. Je donne un kilt. Stéréotype écossais dans le titre. Kilt.

Il feuillette le livre.

— Personnage avec un nom en « Mac ». Kilt... Je rajoute un kilt parce que je vois la mention de Glencoe, un de mes endroits préférés. Absolument magnifique ! Je te ferai visiter si tu passes en Écosse.

— Donc, on donne quatre kilts sur cinq ? demande Cendre qui rougit jusqu'aux oreilles.

— Tout à fait !

— En piste pour le dernier livre, celui pour lequel je suis *nozinabook* en ce moment. Voici *Dans les bras du guerrier highlander* par la génialissime Betty McFarlane. Elle n'a pas le temps de s'extasier que Liam tend l'index vers le roman.
— Je donne d'emblée cinq kilts sur cinq, plus un *sporran* poilu.
— Pourquoi cet enthousiasme ?
— Il y a Carlo sur la couverture, qui montre sa tête et pas seulement ses abdos, se justifie-t-il. Ma mère, mes sœurs, ma *aunty*, ma *granny* et sa copine du bingo crushent toutes sur lui. Est-ce que quelqu'un a le même problème ? demande-t-il face à la caméra.
Il fait danser ses sourcils comme Gérard et Cendre ne peut s'empêcher de sourire.
— En tous les cas, poursuit-elle, je vous le recommande. J'en suis à peu près à la moitié et je me retrouve beaucoup dedans.
— Alors il faudrait peut-être que je le lise, renchérit Liam en la regardant tendrement.
Gros silence.
— Bon, bafouille Cendre en brandissant à nouveau le roman. C'étaient les trois romances écossaises de cette quinzaine, disponibles dans votre boutique en ligne et dans toutes les librairies Livrindigo de France. Merci à Tiphaine, la gérante de l'enseigne de Granfleur, qui a filmé cette vidéo. On se retrouve bientôt, pour d'autres découvertes Nozinabook.
— C'est dans la boîte ! entonne Tiphaine d'une voix guillerette. Elle était super, celle-là. J'imagine qu'il va y avoir des centaines de recherches Google sur les *sporrans*, plaisante-t-elle.
Liam se prend le visage dans les mains.

— Je suis désolé. Ça m'a échappé. Je sais que c'est un élément important de ma culture, mais personnellement, la bourse poilue sur le devant, je n'assume pas.

Les deux femmes échangent un long regard, se communiquant télépathiquement l'image de ce séduisant Écossais équipé d'une « bourse poilue sur le devant ».

— Ne t'inquiète pas, Liam, fait Tiphaine en redonnant son portable à Cendre. Notre accessoire traditionnel est le bonnet cauchois. Je te jure qu'avec, tu captes les chaînes de télé du monde entier.

Un grand sourire aux lèvres, elle se recoiffe la frange et jette un coup d'œil rapide aux caisses bondées.

— J'étais ravie de vous parler, mais il faut que j'aille aider Marjo. Liam, si je ne te revois pas avant ton départ, je te souhaite une bonne fin de séjour.

— Merci pour l'accueil.

Elle le salue d'un geste du menton.

— Cendre, tu postes la vidéo ce soir ?

— Je la monterai en rentrant. Mais d'abord, il faut que je… il faut qu'on…

Elle cherche confirmation auprès de Liam alors que la libraire s'éclipse.

— On pourrait aller dans un café ou une brasserie du coin pour finaliser le projet, dit-il en la regardant dans les yeux. J'aimerais que tu me dises si tu approuves la version finale. Je crois qu'on a fait du bon travail ensemble.

Liquéfiée par son attirance pour lui, la jeune femme est secourue par Mme Michel.

— Moi aussi, j'ai un faible pour Carlo, confie-t-elle en s'accrochant à son sac à main en écailles. Je ne sais pas pourquoi les jeunes ont besoin de cinquante nuances de gris quand on peut avoir des centaines de nuances de Carlo sur les couvertures de Fantasifemme.

Elle lève les yeux au ciel comme si elle se pâmait, geste qui dissipe toute la tension comme une aiguille qui viendrait crever un ballon de baudruche.

Puis l'ancienne institutrice se dirige vers les caisses, trois romans à la main.

— Un bon Noël à vous, jolis jeunes gens ! Vous formez un gentil petit couple !

La poitrine de Cendre se contracte et elle ne voit plus que le visage écarlate de Liam, qui ne détourne pourtant pas le regard.

Chapitre 22

Vendredi 22 décembre, Dreamcasting

Rayonnante, Assia les regarde successivement.
— D'abord, je tiens à vous dire que je suis vraiment fière de vous. J'ai parcouru tous les dossiers. Ils sont tous très complets et je suis ravie de voir que vous avez retenu les points importants de la formation.
Elle marque un temps d'arrêt pour créer le suspense.
— Vous méritez tous des félicitations, mais un projet en particulier se détache des autres par sa pertinence dans un contexte international. Je pense qu'il a toutes ses chances pour obtenir un déblocage de fonds afin d'être implémenté.
Enthousiasmée par la mention de « contexte international », Cendre coule un regard à Liam qui s'est déjà tourné vers elle. Aujourd'hui, son pull nordique et son jean lui donnent plus l'air d'un bûcheron canadien que d'un Highlander.
— J'ai hâte de présenter notre idée, dit Gérard avec un grand sourire à Ulrike.
— C'était passionnant, répond Assia en regardant sa montre. Je connais peu la permaculture et je n'aurais jamais pensé à l'associer à un concept marketing.
Alors que Jérémy fait rouler ses épaules d'un geste nerveux, on toque à la porte et la poignée tourne.
Pointy passe la tête dans l'encadrement.
— Nous sommes prêts à écouter vos présentations. Assia, vous pouvez nous rejoindre dans la salle de réunion B, à l'étage inférieur.
Un silence tendu s'abat sur la pièce et Cendre a l'impression de repasser le bac, le choc de sa relation brisée

avec Quentin en moins.
— Merci, madame Leclerc.
Les yeux d'Assia se braquent immédiatement sur Jérémy qui ronge l'ongle de son pouce comme un forcené.
— Je peux escorter le premier binôme, reprend Pointy.
Luca se redresse instantanément.
— Je pense qu'on va y aller en premier.
Jérémy le dévisage comme s'il venait de se changer en chimère à la gueule pleine de crocs acérés.
— Euh... je ne sais pas trop.
L'Italien cherche l'aide de Cendre qui tente de raisonner son ami.
— Tu seras soulagé de passer tout de suite pour ne pas avoir à poireauter en sentant la tension monter.
Pointy s'avance.
— Monsieur Sol, madame Hayat et moi serons présentes afin de contrer toute négativité, d'où qu'elle vienne.
Le regard lourd de sens qu'elle adresse au jeune homme suffit à le faire se redresser d'un bond. Plaquant ses mains sur le bas de son visage, il inspire profondément, carre les épaules et file vers la porte où Pointy l'accueille avec un sourire aussi bienveillant que possible. Dans la pratique, elle étire simplement un peu les coins de sa bouche tout en arrondissant légèrement les sourcils, mais c'est une tentative louable.
Alors qu'on entend leurs pas descendre le couloir, un silence s'instaure jusqu'à ce que Gérard pince les lèvres et s'éclaircisse la gorge.
— Il faut que vous saisissiez les ressources humaines ou que vous envoyiez une pétition à la direction, mais vous ne pouvez pas rester comme ça.
— Je n'ai jamais vu une ambiance pareille, renchérit Ulrike. Ça m'étonne, d'ailleurs, parce que je pensais que la

boîte appliquait les mêmes pratiques professionnelles dans toutes ses antennes.
Les dernières paroles de son père résonnant dans sa tête, Cendre cherche confirmation auprès de Liam.
— À notre antenne d'Édimbourg, on est super *woke*, et on l'aurait déjà renvoyée depuis longtemps. Cela dit, pas besoin d'être *woke* pour voir que c'est inacceptable.
Gérard dévisage Cendre d'un air désabusé.
— Tu devrais dire à Jérémy et à tous les collègues qui le soutiennent de commencer à tout documenter. Le fait que ta cheffe soit de votre côté est un point positif.
Comme pour lui transmettre la conviction d'agir, Ulrike la regarde fixement en hochant la tête.
— C'est ce que Jérémy avait prévu de faire l'autre soir, n'est-ce pas ? demande Liam.
— Luca m'a appelée en urgence mardi soir pour que je me rende chez Jérémy qui faisait une crise, explique Cendre aux deux autres. Markus, de l'accueil, était présent aussi. On a décidé de rallier à cette cause toutes les personnes susceptibles d'être ciblées et de tenir un registre.
— Vous devriez essayer d'obtenir des enregistrements vidéo ou audio pour constituer un dossier de preuves, propose Gérard.
— Bonne idée, dit Liam.
Le silence retombe.
— On passe après ? demande-t-il à Cendre avec une certaine timidité.
— Oh, gémit-elle en se prenant la tête dans les mains. J'ai l'impression d'avoir tout oublié.
Et j'espère ne pas avoir d'absence pendant la présentation. Ce serait vraiment l'enfer si en plein milieu de ses explications, elle se figeait pour songer aux pectoraux de Carlo sur la couverture de la prochaine

publication de Fantasifemme. Elle l'a vue en prévente la veille, sur Instagram. Sorti des légendes galloises, l'Italien incarne un roi-dragon de l'île d'Anglesey, vêtu de braies noires et de bottes en cuir. Ceignant sa taille, sa large ceinture est ornée d'une tête de dragon rugissante en acier. Des poignets de force enserrent ses avant-bras puissants et…

— Elle a encore eu une absence ? s'inquiète Assia dans le lointain.

La jeune femme reprend lentement ses esprits quand elle sent une grande main posée sur son coude.

— Cendre ? On t'a laissée rêvasser le plus longtemps possible, mais là, il faut vraiment y aller.

Elle revient à la réalité dans un sursaut et regarde d'un air effaré les cinq autres personnes.

— Qu'est-ce qui est arrivé à Jérémy ? demande-t-elle quand elle voit que Luca est revenu seul.

— Il a fait un tour aux toilettes pour s'essuyer le visage, mais tout s'est super bien passé. La *strega* a tiré la tranche…

— La tronche.

— … la tronche pendant tout le temps qu'on a parlé, mais on a reçu des félicitations.

— C'est rassurant.

— À qui le tour ?

Liam brandit le dossier qu'il tient à la main et escorte Cendre vers la porte.

Dans le couloir, Assia se tourne vers eux pour les encourager.

— Il n'y a aucune raison pour que ça se passe mal. Nous avons toutes eu connaissance de votre travail en amont, donc le but de cette séance est simplement de nous donner l'occasion de vous poser quelques questions. Surtout pour vérifier si le projet est digne de donner lieu à un financement.

Cendre hyperventile tant qu'elle manque de faire un plongeon dans la cage d'escalier. Prévenant, Liam descend deux ou trois marches et se positionne devant elle afin de faire barrière si jamais elle basculait.

Un étage plus bas, devant la porte de la salle de réunion, Assia s'arrête et fait signe à Cendre de respirer par le ventre.

— Ça ne prendra pas plus d'un quart d'heure. Tu te sens prête ?

La lueur bienveillante dans son regard et la main protectrice de Liam sur son épaule emplissent la jeune femme d'une chaleur qui se propage vite à tous ses membres. Elle a l'impression d'avoir dans le cœur des fleurs qui poussent à la sauvette au milieu d'un immense jardin en friche depuis trop longtemps.

Elle a la sensation de flotter. C'est la même impression de liberté qu'elle ressent quand elle va à la piscine. Elle s'avance vers le rebord du plongeoir, observe l'eau en contrebas, se met en position et s'élance dans les airs.

— Allons-y.

Assia toque à la porte et l'ouvre.

La salle est si pleine de monde qu'elle paraît encore plus petite.

D'un côté se trouvent deux chaises de bureau disposées de part et d'autre d'une petite table ronde.

En vis-à-vis, plusieurs bureaux ont été rassemblés bout à bout pour les jurées. Près de la fenêtre, Pauline tire effectivement la tronche. Elle est avachie à côté de la présidente de Dreamcasting France, Vivianne Cayuela, avec laquelle Cendre n'a échangé que de rares propos. À la gauche de celle-ci, Pointy les accueille avec un grand sourire alors qu'Assia va s'asseoir sur le dernier siège resté libre.

— Monsieur McKellen, mademoiselle Hubert. Je vous en prie, asseyez-vous, dit Mme Cayuela avec un geste du bras. Faisons un bref tour de table au cas où vous ne connaîtriez pas les noms de toutes les personnes présentes.

Au bénéfice de Liam, elle effectue les présentations avant de poser sur les deux jeunes gens un regard attentif.

Dans ce silence, Cendre aurait envie de disparaître sous terre et elle sent ses mains serrer à fond les deux bords de son siège comme si elle se préparait à la descente. Contrairement à elle, Liam a l'air très à l'aise. Il ouvre sa pochette et en sort l'imprimé qui résume leur projet.

— Je vais vous confier que j'ai étudié votre maquette avec attention, reprend Mme Cayuela. D'autant que j'avais déjà suivi le succès de l'interview accordée par l'une de nos actrices à Mlle Hubert, à la mi-septembre.

Son ton neutre n'exprime pas la moindre critique et curieusement, Cendre se sent encouragée.

— Merci. Je ne m'étais pas attendue à faire autant de vagues.

— C'est ce qui arrive généralement quand on a une idée intéressante et vendeuse comme la vôtre, embraye Pointy. Tant côté blog que sur les réseaux, Nozinabook est un concept percutant. Je vous félicite.

Un silence s'instaure pendant quelques instants avant que Pauline se racle la gorge d'un air mauvais.

Quand Cendre intègre le fait que les quatre femmes ont probablement parcouru son blog et ses réseaux et sont au fait de sa passion pour les hommes en kilt, elle commence à s'empourprer et perd tous ses moyens. Heureusement que du coin de l'œil, elle voit Liam se mettre en mouvement.

— Mesdames, si vous voulez bien, j'aimerais vous parler de notre projet.

Il cherche confirmation auprès de Cendre qui lui fait signe de se lancer. À ce stade-là, elle ne sent plus ses pieds et se demande si c'est à cause de la nervosité ou parce que le fauteuil est si dur que ses fesses sont engourdies.

— Nous avons remarqué, commence Liam, qu'il n'existe aucun espace dédié aux personnes en formation, malgré la création de nouvelles plateformes externes de communication telles que Slack ou Discord.

Il braque un regard appuyé vers Cendre qui s'éclaircit la gorge.

— Puisque je travaille ici, je n'ai pas eu besoin de changer quoi que ce soit à mes habitudes pour suivre les cours, dit-elle. J'aurais tout de même aimé pouvoir échanger avec d'anciens participants et recommander la formation aux prochains.

— Sans un événement hors les murs qui nous a donné l'occasion de nous réunir et de travailler tous ensemble, poursuit Liam, on aurait probablement eu un peu plus de mal à tisser des liens.

— Tu veux parler du Livrindigo de la zone piétonne ?

Assia explique rapidement la situation aux autres femmes.

— La patronne de la librairie, amie de Mlle Hubert, a lancé un plan de com' pour sauver son antenne et plusieurs de mes étudiants stagiaires y ont participé.

Mme Cayuela regarde les deux jeunes gens avec des airs de sphinx et Cendre ne sait plus où se mettre.

Ne dissocie pas, ne dissocie pas.

— En comparant nos expériences et nos attentes, reprend Liam, nous avons découvert qu'il n'existait pas d'espace officiel en interne pour que les membres de différentes antennes puissent échanger, organiser leur voyage et rester en contact.

Cendre lui emboîte le pas.

— Le formulaire d'inscription mentionne qu'on nous

fera remplir un questionnaire de satisfaction à la fin, mais je pense que sur le long terme, l'entreprise tirerait profit d'un espace de communication international.

Elle passe en revue ses souvenirs du mois de septembre.

— Pendant la période d'inscription, un témoignage vidéo d'un ancien participant ou même de la formatrice aurait été beaucoup plus alléchant que le prospectus.

— Nous en avons beaucoup parlé dernièrement, confirme Mme Cayuela d'un air intéressé. Nous ne pouvons pas miser seulement sur la formation initiale de nos employés et pour une multinationale, il serait dommage de ne pas tisser des liens avec nos autres antennes à travers des actions professionnalisantes.

— Que feriez-vous si nous débloquions des fonds pour implémenter votre idée ? demande Pointy alors que Pauline s'étrangle bruyamment sur sa salive.

Liam ne lui accorde même pas un regard.

— Nous avons dressé une liste des différentes étapes, dit-il en sortant un autre document de sa pochette. D'abord, créer un espace spécialisé sécurisé, quelle que soit la plateforme choisie. On a opté pour l'anglais comme langue véhiculaire, mais cela n'empêche pas de créer de la documentation dans plusieurs langues. Ensuite, enregistrer les premiers profils des participants aux cours d'Assia et rassembler des témoignages. Enfin, prospecter auprès de toutes les antennes pour savoir si le concept plaît et nous caler sur le calendrier des formations pour les intégrer au fur et à mesure dans notre base de données.

— À terme, plussoie Cendre, ce serait intéressant de montrer l'évolution professionnelle des stagiaires. Le meilleur gage du succès d'une formation est la réussite qu'elle engendre, particulièrement pour les stagiaires en reconversion.

Même si Pauline ravale à nouveau ses glaires dans

l'indifférence générale, le silence qui s'instaure est étrangement bienveillant. Cendre a l'impression de nager dans des eaux bleues, protégée du méchant requin par une cage invisible et pourtant incassable.

— Si mes collègues sont d'accord, commence Mme Cayuela avec des yeux pétillants, j'aimerais débloquer des fonds pour mettre votre projet en application.

— Pardon, madame, proteste Pauline, mais...

— Tout à fait d'accord, la coupe Pointy.

— Je suis très fière, dit Assia en même temps.

Pauline ouvre et referme la bouche à plusieurs reprises.

— Au niveau des coûts, je dois tout de même vous prévenir que...

Mme Cayuela redevient froide.

— Madame Richard, nous avons accepté en organisant cette formation la possibilité d'un financement. En revanche, dit-elle en se tournant vers Liam et Cendre, là où notre comptable a raison, c'est qu'il s'agirait d'une dépense importante qu'il nous faudrait certainement valider au prochain trimestre, puisque nous sommes déjà arrivés à échéance. Seriez-vous disponibles pour en reparler dans deux ou trois mois, probablement par visioconférence ?

— Absolument, répond Liam en hochant énergiquement la tête.

Cendre bloque complètement depuis plusieurs secondes.

— Mademoiselle Hubert ? demande Pointy qui la connaît bien. Vous nous avez entendues ?

La jeune femme cligne des paupières à plusieurs reprises et desserre sa prise sur les bords du siège. Pendant quelques secondes, elle envisage de céder à un accès de rêverie. Le pull nordique de Liam se transformerait en armure. Mme Cayuela se dresserait, une lance à la main, telle la reine Boadicée allant au combat. Le tailleur de Pointy se changerait en longue robe dont les jupons battraient autour de ses jambes au gré du vent balayant les landes écossaises.

Pourtant, elle se rend compte en avisant les yeux bleus de Liam qui brillent comme des saphirs qu'elle a envie de s'accrocher des deux mains au présent, de ne jamais le laisser filer.

— Oui. Merci… Merci de votre confiance, sourit-elle.

Chapitre 23

La musique électronique lancinante qui filtre à travers les portes fermées renforce l'atmosphère cosy du bar de la zone piétonne. C'est l'heure où les étudiants passent chez eux pour se changer avant de ressortir et où les employés se retrouvent pour le pot du vendredi soir, dernière obligation professionnelle à l'orée de leur week-end en famille. De l'autre côté de la ruelle, une fenêtre entrouverte au premier étage laisse échapper le délicieux fumet d'un ragoût aux légumes.

Battant le pavé pour se réchauffer, Cendre regrette d'avoir oublié son manteau. Quand son ventre gargouille, elle jette un regard mélancolique à l'intérieur. Il est presque dix-huit heures et elle a l'impression que ça fait dix bonnes minutes qu'elle est sortie en trombe pour prendre un appel de Mamie Léontine.

— Choupinette, c'est absolument génial ! Je vais pouvoir passer ma certification supérieure de yoga et décrocher une licence en bonne et due forme.

— Tu n'en avais pas ? s'inquiète Cendre en sautillant sur place. Mais tu donnes quand même des cours, non ?

— Si, mais je ne suis pas au top. Le gourou Sheppard va m'ouvrir des portes en m'offrant cette opportunité.

En entendant ce nom, la jeune femme est assaillie par des dizaines de signaux d'alarme qui se déclenchent en simultané dans son cerveau.

— Le gourou Sheppard ? articule-t-elle lentement. Mamie, tu es certaine que tu ne te fais pas arnaquer ? Ce ne serait pas comme avec le reiki, quand tu t'étais retrouvée à la gendarm… ?

— Ne me rappelle pas cette histoire, s'il te plaît ! C'est

largement derrière moi. Ce n'est pas parce qu'un margoulin m'a injustement accusée…

— … de l'avoir arnaqué, l'interrompt Cendre qui sait pourtant que son aïeule ne l'écoutera pas.

— *… de ne pas lui avoir apporté les résultats escomptés quant à la repousse de ses cheveux* que ça signifie que je ne suis pas magnétiseuse. On ne m'appelle pas « la guérisseuse de brebis » pour rien !

La jeune femme soupire. Privée de l'influence plus raisonnable de Papi Théophile, les excentricités de Léontine ont gagné en puissance et à présent, elle trouve cette histoire de gourou Sheppard très inquiétante, d'autant que le complice dans l'affaire des chaises repeintes n'a toujours pas été identifié. Repensant au professeur de yoga absent durant ses vacances à la ferme, elle commence à additionner les indices dans sa tête.

— Mamie, tu me promets de faire attention ?

— À quoi donc, Choupinette ?

— Eh bien… ce gourou, ta formation de yoga dans le Vercors, tes interpellations à répétition… ce n'est quand même pas une histoire de secte ?

Léontine part d'un éclat de rire aussi sonore qu'un concert de death métal.

— Ma saucisse, qu'est-ce que tu fiches ? demande Jérémy qui a choisi cet instant précis pour venir la rejoindre. On va finir les tapas sans toi !

À l'autre bout du fil, Léontine a l'oreille fine.

— Ma chérie, qui est ce jeune homme à la voix séduisante ?

— C'est Jérémy, tu sais ? Mon ami du travail.

— Le peintre contrarié ? Il va bien ? Il a trouvé un copain pour Noël ? beugle-t-elle dans le haut-parleur.

Jérémy désigne ses tympans et fait le geste de couper la

communication le plus vite possible.
— Euh, je ne sais pas, Mamie. Mais tu sais, en fait, on...
— Et toi, tu as trouvé un copain pendant ta formation ?
Jérémy se mord la lèvre et zieute Cendre.
— Euh, Mamie, il faut que j'y aille. On est en train de prendre un pot pour fêter la fin des cours. Je t'embrasse, d'accord ? Tu fais attention avec le gourou Sheppard, OK ?
Léontine pousse un soupir à écorner les bœufs, mais toute la rue entend le sourire dans sa voix.
— Ne t'inquiète pas, Choupinette. Je suis une grande fille. Je t'embrasse !
Cendre raccroche alors que Jérémy fait tournoyer un index espiègle sous son nez.
— Je note que tu n'as pas dit *non*.
— Bon, on retourne à l'intérieur ? J'ai envie de goûter aux tapas.
Ils se regardent dans les yeux pendant une dizaine de secondes et se comprennent sans paroles.
Ensemble, ils quittent le froid de l'hiver normand pour retrouver la chaleur du bar.

***

— Réexplique-moi ce que fait ta *nonna*, exactement ? demande Luca en se penchant vers elle.
Comme à l'ordinaire, son regard balaye la pièce alors qu'il écoute les conversations d'une oreille. En arrivant, le groupe s'était installé sur plusieurs canapés et poufs entourant une table basse encombrée de plusieurs assiettes de tapas quasiment vides.
— Elle est radiesthésiste.
— La guérison avec les mains ?
Il tend les doigts en avant comme un roi qui soignerait

les écrouelles en place publique.

Cendre s'amuse de cette image qu'elle vient de repêcher dans une romance historique qu'elle a lue récemment.

— Oui. Elle a commencé sur des brebis quand elle était adolescente, puis elle est passée aux énergies humaines.

— Et ça marche ? s'enquiert Ulrike en mâchouillant une olive verte piquée sur un cure-dents.

— Pas toujours. Quelqu'un a porté plainte contre elle. Elle s'est encore retrouvée au poste.

— Encore ? s'inquiète Assia en plaquant une main sur sa poitrine. Mais qu'est-ce qu'elle a fait d'autre ?

La jeune femme passe en revue plusieurs épisodes dans sa tête, tous aussi peu glorieux les uns que les autres.

— Elle a un petit problème avec l'autorité.

— Et présentement, elle suit un stage de yoga dans le Vercors ? poursuit Assia.

— Oui. Elle donne des cours individuels et groupés dans son village et elle aimerait lancer sa propre ligne de pantalons de yoga et de caleçons longs colorés.

S'attendant à des ricanements, Cendre est surprise de voir une série de hochements de tête.

— Ma mère et moi, on s'inquiète un peu de savoir qu'à son âge, elle veut investir des économies là-dedans, mais ma tante Gaïa est à fond.

— Et Mathilde ? demande Jérémy. La businesswoman de la famille, qu'est-ce qu'elle en dit ?

— Elle la soutient aussi. Elle a dit que Pierre-Yves et elle pourraient la mettre en contact avec des avocats pour la création de la structure juridique. Puis elle a embrayé sur un truc qui s'appelle le *drop shipping* et j'avoue que j'ai décroché.

— Elle a l'air super, ta grand-mère, dit Liam au milieu des sourires généraux. Un peu comme la dame de l'autre soir, à Livrindigo.

— Au fait, s'exclame Assia, j'ai adoré votre vidéo. Le *sporran* poilu a failli me faire recracher mon thé. En plus, j'étais en public !

— Tout le monde dit ça ! proteste Liam d'un air faussement vexé.

— Je trouve que vous faites du bon travail ensemble, poursuit la formatrice. Votre bourse pour le projet de création d'un espace dédié aux stagiaires est vraiment méritée et j'ai hâte de voir les résultats.

Comme s'ils s'étaient donné le mot, Cendre a l'impression que tous détournent la tête, éliminant la moindre source de distraction afin de ne plus laisser que Liam dans son univers.

Ses prunelles bleues pétillent sous les néons du bar et elle se croirait dans un film. Elle se demande si c'est ce que ressent Sophie quand elle passe la nuit dans des boîtes gothiques ou des soirées post-shooting photo.

Ses envolées lyriques sur une nature écossaise fantasmée sont oubliées. Elle ne sent plus les effluves iodés de la côte, la douceur de la laine sur sa peau, l'odeur de la bruyère ou la texture de la lande sous ses bottes, terre sauvage qu'elle ne parcourt que dans son imagination.

Tout a été remplacé par les néons rouges reflétés dans les yeux de Liam.

— Je vais vous laisser.

Assia se relève brusquement, imitée par Ulrike qui s'étire les reins avec une petite grimace de douleur.

— Je rentre avec toi à l'hôtel. Cendre, dit-elle en s'approchant d'elle, c'était super de te rencontrer. J'admire vraiment ce que tu fais. J'espère que tu vas continuer.

Les bras ballants et étourdie par la surprise, Cendre se redresse maladroitement. Elle reste estomaquée quand Ulrike la prend brièvement dans ses bras pour la serrer contre elle.

L'Autrichienne n'est plus une déesse intouchable qui flotte à quinze pieds du sol. C'est une femme de chair et de sang qui, lorsqu'elle avait son âge, devait être torturée par les mêmes émotions, les mêmes remises en question qu'elle.

Elle lui rend son étreinte avec la sensation qu'un soleil doré a élu résidence dans son plexus.

— On reste en contact, répond-elle avec un grand sourire. J'aimerais avoir ton retour quand on aura construit l'espace en ligne.

L'Autrichienne hoche vigoureusement la tête, faisant danser son chignon boule. Elle enfile son manteau, s'avance pour faire ses adieux à Jérémy et décoche au passage un clin d'œil à Luca. Avec un salut du menton en direction de Gérard et de Liam, elle suit Assia vers la sortie.

Celle-ci se retourne une dernière fois pour adresser à Cendre un sourire bienveillant. L'hirondelle qu'elle porte à son cou se colore de rouge à la lueur des néons. Puis elle remonte sa fermeture éclair, rabat sa capuche sur sa tête et laisse la porte se refermer derrière elle.

Partagée entre la mélancolie et la fierté, Cendre se remémore sa nervosité en début de stage, son hésitation avant de franchir les portes de Dreamcasting le premier matin, son arrivée en catastrophe dans la salle de formation.

Trois semaines plus tard, tant de choses ont changé !

Tour à tour, elle observe les visages à présent familiers du reste des participants.

Jérémy, son grand ami, essaye de retirer une tranche de jambon d'une tapa imbibée d'huile sans tacher les manchettes de sa chemise multicolore.

À côté de lui, Luca se tient prêt à le secourir, une serviette en papier à la main. Pour une fois, ses yeux ne filent pas de part et d'autre de la pièce, et son attention reste entièrement braquée sur le jeune homme concentré.

Gérard, quant à lui, s'est emparé d'un flyer et suit du bout du doigt les contours de la rose représentée en filigrane sur la liste des concerts. Sous sa grande moustache et sa barbe fine, ses traits se sont adoucis et il pousse même un bâillement qu'il dissimule derrière sa grosse paluche.

Liam...

Liam la regarde.

Elle ignore depuis combien de temps il a les yeux tournés vers elle, vers son visage. Depuis son dernier adieu à Assia ? Depuis l'étreinte avec Ulrike, quand tout s'est débloqué et que le monde est devenu lumineux ?

Sans détourner les yeux de son regard saphir, elle inspire profondément, écartant de son esprit tout ce qui n'est pas lui.

Doucement, sans prononcer les mots à voix haute, il articule : *You want to go?*

Si elle veut y aller ?

Oui, elle est prête. Elle se sent puissante.

Alors que Liam annonce à la cantonade qu'il va la ramener chez elle, Cendre enfile en toute hâte son manteau. Peu lui importe à présent qu'on la voie partir avec Liam, mais elle n'a pas envie de s'étaler non plus.

Alors qu'elle voit du coin de l'œil Jérémy laisser tomber sur sa boutonnière quelques gouttes d'huile que Luca s'empresse d'éponger en riant, Gérard se redresse. Elle n'a pas le temps de paniquer en se disant qu'il va s'incruster qu'il donne une vigoureuse poignée de main à Liam. Elle sent ensuite sa grosse paluche lui prendre délicatement les doigts et la rapprocher de lui pour une brève étreinte.

— Tu es une chic fille, je te souhaite le meilleur.

Elle lui adresse un sourire rayonnant alors que leurs regards se soutiennent pendant quelques secondes. Sur un hochement de tête, il est le premier à détourner le regard et la jeune femme sent la main de Liam sur son coude alors qu'il la guide vers la sortie en adressant un dernier au revoir à Luca et Jérémy. Celui-ci mime le geste universel symbolisant un appel téléphonique sans la moindre considération pour la pudeur de Cendre.

Quasiment en silence, Liam et elle rejoignent à pied le tramway, qui arrive presque immédiatement. Ils s'asseyent côte à côte sur une banquette. La chaleur de la cabine ayant embué les vitres, les lumières des lampadaires qui défilent le long de la rame ressemblent à des étoiles floues. Cendre trouve l'effet hypnotisant.

— Tu me rappelles le nom de ton arrêt ? demande Liam.

— *Satie*.

— Tu peux partir dans tes rêveries, si tu en as besoin. Je veille sur toi.

Chapitre 24

Cendre entre dans le salon, un plateau à thé entre les mains. Quand elle le pose sur la table basse et s'installe à côté de lui, Liam lève le visage de l'écran de son téléphone.

— *Sorry*, j'ai reçu un SMS de mes parents, se justifie-t-il d'un air penaud. Avec mes gros doigts qui appuient sur toutes les touches, ça me prend toujours trois heures pour répondre.

— Mon père m'a dit par texto qu'il t'avait trouvé sympa. S'il n'avait pas eu les mains prises, elle sait qu'il aurait tiré sur son pull.

— Il avait l'air sympa aussi. Il s'inquiétait vraiment pour Jérémy.

— Oui. Papa aime bien se la jouer sarcastique, mais il est très sensible.

Abruptement, elle songe à ses poings serrés le matin où il avait déboulé dans le bureau de la CPE. Puis elle bannit pour toujours le souvenir de Quentin, remplacé par l'image d'Erwan endormi contre le torse de Liam.

— Tu as des photos ? demande-t-elle soudain avant de se pencher pour leur servir à boire.

— Des photos ? De l'Écosse ?

— Ce ne serait pas de refus, mais je voulais dire des photos de tes parents à toi.

Liam a l'air de vouloir pianoter sur son portable, puis il se ravise.

— Seulement si tu me montres une photo de Mamie Léontine. J'avoue que je suis curieux.

— *Deal!*

Elle se penche vers le bas de la grande bibliothèque à sa droite puis pousse un petit *oh* quand elle bascule légèrement en avant.

— Attends, ne te dérange pas pour moi, proteste-t-il.

— Pas de souci !

Elle reprend sa position initiale en brandissant un album dont elle tourne les pages jusqu'à tomber sur un petit concentré de sa vie passée : une photographie prise deux ans auparavant, durant les vacances d'été. Mamie Léontine avait organisé une activité peinture à l'eau pour Erwan et quelques enfants du village. Tout fier, le garçon tend vers la caméra ses mains couvertes de peinture. Derrière lui, Mathilde et Cendre flanquent leur aïeule qui les tient par la taille. Radieuse, elle aussi a quelques taches colorées sur le visage. Elle porte un de ses éternels caleçons de yoga aux couleurs criardes.

— Voici la fameuse et l'unique Mamie Léontine. Fidèle à elle-même !

Liam se penche vers la photographie et son visage s'illumine d'un immense sourire.

— Elle est *colourful*, ta mamie ! Mais… euh… c'est un *yoga pants* de sa propre ligne ?

Il a l'air de fournir un effort surhumain pour ne pas trahir son hilarité et Cendre trouve cette marque de politesse particulièrement attendrissante.

— Non, elle ne l'a pas encore lancée, mais ça te donne une idée du personnage.

— C'est ta sœur, je suppose ?

Il tend un index épais vers Mathilde.

— Effectivement et bien sûr, tu reconnais Erwan qui avait environ cinq ans à l'époque.

Sur sa lancée, Cendre poursuit son récit.

— Mamie vit à Veules-les-Haies, à une cinquantaine de kilomètres d'ici. Elle est veuve depuis une dizaine d'années et elle est toujours très occupée. C'est une sorte de figure locale.

— Il y en a une dans tous les villages, sourit Liam. Je suppose que selon la troisième loi de Newton, ton autre grand-mère est le calme personnifié.

— Oui, Mamie Claudile est pragmatique et tirée à quatre épingles. Je crois que c'est d'elle que tient Mathilde. J'ai respecté ma part du contrat. Tu as des photos à me montrer ?

Liam soutient son regard pendant quelques secondes de plus que nécessaire et comme tant de fois au cours des trois dernières semaines, elle a l'impression que son monde tout entier ne contient plus que lui.

— *Indeed.*

Il pianote maladroitement sur l'écran de son portable et ouvre un dossier. Après avoir fait défiler quelques images, il s'arrête enfin sur une photographie de groupe prise pendant un repas.

Cendre tend le cou pour mieux voir. Assis au centre, un couple de jeunes quinquagénaires sourit à la caméra. Vêtu d'un pull-over à carreaux, lui est trapu et la mèche de cheveux roux grisonnants qui lui retombe sur un œil évoque le toupet de M. Dézart. Il a le bras gauche passé autour des épaules de son épouse, qui est hilare. Son image est un peu floue, car elle est en train de rattraper de justesse une salière sur le point de basculer. Ses cheveux d'un roux artificiel coupés au carré encadrent un visage poupin dont la peau laiteuse est sublimée par des sourcils tracés au crayon.

À l'arrière-plan, Liam plie visiblement les genoux pour entrer dans le cadre. Il brandit fièrement devant lui une barboteuse de bébé. À sa gauche se trouvent deux jeunes femmes rousses qui ont l'air un tantinet plus vieilles que lui. Elles se ressemblent tellement qu'elles pourraient être jumelles. L'une d'elles s'est écartée de derrière leur mère pour tendre deux index vers son ventre encore dissimulé par un pull-over trop grand.

— C'est vrai ! s'exclame Cendre. Tu m'avais dit que tu

étais tonton.

Quand elle tourne la tête vers lui, elle a un petit sursaut en se rendant compte qu'il a gardé les yeux braqués sur elle.

— Oui, depuis un an et demi, répond-il avec un sourire gêné. C'était la fête où Heather a annoncé à nos parents qu'ils allaient devenir grands-parents pour la première fois. C'est un garçon ; il s'appelle Dougal.

— C'est super ! Bienvenue au club ! J'étais encore ado quand Erwan est né, alors j'ai eu un entraînement prématuré à la maternité. Mathilde venait souvent nous le déposer.

— Tu veux avoir des enfants, un jour ?

Les contours de la vision de Cendre blanchissent. Elle ne sait pas si elle doit s'arrêter de respirer ou bien hyperventiler.

— Oui, mais pas tout de suite. Il faut d'abord que j'apprenne à être un peu moins catastrophique.

Et puis je n'ai personne, achève-t-elle dans sa tête alors qu'elle prend soudainement conscience du silence tranquille de la pièce, de la présence physique imposante de Liam, du souffle de sa respiration et même du clignement de ses paupières.

— Je ne pense pas que tu sois une catastrophe, énonce-t-il lentement. Au contraire. Je te l'ai déjà dit : tu as vraiment assuré en com' pendant la formation. Et la façon dont tu as animé la vidéo ! Il y a beaucoup de gens qui n'oseraient pas.

Cendre reste surprise par sa formulation.

— Ce n'est pas tout à fait ça, réfléchit-elle à voix haute. Mon problème n'est pas le manque d'audace, plutôt la nervosité et la maladresse. Et plus je suis nerveuse, plus je fais des boulettes...

— Des *boolett* ?

— Des erreurs. Des *big* gros *fails*, poursuit-elle en

écartant les mains comme si elle tenait un ballon de cinq kilos. Et plus je fais de boulettes, plus je me dis que les livres valent mieux que la réalité... alors je dissocie.

Liam l'observe sans rien dire pendant un moment. Il semble plongé dans ses réflexions.

— Ça m'est arrivé aussi, il y a quelques années, se confie-t-il. C'est un peu pour ça que j'ai commencé à passer beaucoup plus de temps devant mon ordinateur. Mes parents ont été obligés de me pousser à faire du bénévolat pour que je sorte de ma chambre.

Devant sa rougeur soudaine, Cendre cligne des paupières.

— Mais, c'était normal pour toi ou bien il est arrivé quelque chose de spécial ?

Liam tire sur son pull et il s'agite.

— On n'est pas forcés d'en parler, reprend immédiatement la jeune femme qui comprend que c'est un sujet délicat.

— Je ne préfère pas, non. On passe un trop bon moment.

Son regard bleu est illuminé de tendresse.

D'ordinaire, Cendre n'aurait pas su où se mettre, mais ce soir, elle ne ressent pas le besoin de se soustraire à cette attention ni d'en réécrire les prémisses. Ce soir, tout se déroule comme dans un rêve et comme par magie, la pluie choisit cet instant précis pour s'abattre sur les carreaux de son salon, leur faisant tourner la tête.

Elle réprime l'envie protectrice de lui dire qu'il va se tremper en partant, car elle ne veut pas songer au moment de leur séparation. Dans quelques jours, quelques heures peut-être, il reprendra le train jusqu'à Paris et s'envolera vers Édimbourg pour toujours, laissant dans son cœur le vide de ce qui aurait pu être... ou peut-être pas.

Elle inspire profondément et avale une gorgée de thé pour se donner une contenance. Du coin de l'œil, elle voit que Liam suit ses mouvements avec attention. Avec un sourire timide, elle se renfonce dans son canapé.

Elle regrette aussitôt d'avoir reposé sa tasse qu'elle aurait dû garder devant elle comme un bouclier parfumé et fumant.

— J'ai vraiment passé un mois génial, se lance-t-elle. Je n'avais pas prévu... tout ce qui est arrivé.

— Qu'est-ce qui est arrivé de particulier ?

Cendre soupire et laisse retomber son visage entre ses paumes pour secouer la tête. Puis elle relève les yeux vers lui et se réarrange la frange.

— D'abord, on a appris plein de trucs, dit-elle en levant une main pour compter sur ses doigts.

— *Copywriting for the win*, plaisante Liam.

— Notre vidéo du *sporran* est devenue virale. Tiphaine m'a envoyé un message pour me dire que les ventes des livres qu'on a présentés ont explosé.

— *Dream team for the win*.

— Je ne te le fais pas dire. En plus, côté *dream team*, on a décroché un financement !

— En prime, on a sauvé Livrindigo.

Cendre repense à la joie de Tiphaine devant la proposition de M. Dézart et elle sent des papillons s'envoler dans sa poitrine.

Elle n'aurait jamais cru se sentir si forte un jour. Tournant le visage vers Liam, elle se noie dans ses yeux.

— J'ai vraiment apprécié de rencontrer des gens, poursuit-elle en écarquillant les yeux comme si elle découvrait cette évidence en temps réel. Je croyais qu'on allait passer le mois chacun dans notre coin, que vous alliez tous être des adultes qui me prendriez de haut.

— Cendre, arrête avec le syndrome de l'imposteur. Ce n'est pas parce que tu es la petite dernière qu'on t'a prise de haut.

— La petite dernière ? Bon, j'avoue, j'ai fait un gros *breakdown* pendant le déjeuner.

— Allons, on a tous pleuré au travail un jour ou l'autre.

Quoi ?

— Euh, oublie ce que je viens de dire. C'est normal d'avoir du mal à trouver ses marques quand on débute. Moi, je pense qu'on a formé un groupe vraiment super, achève-t-il pour combler le silence qui se prolonge.

Cendre le dévisage toujours avec de grands yeux. Voyant qu'elle ne le juge pas, il se détend et lui adresse un de ses habituels sourires à fossettes.

En quelques secondes, elle se repasse le film des derniers jours. Ses œillades pas si discrètes. Sa timidité pendant l'attaque de Pauline. Ses encouragements constants. Leur glissade sur les pavés mouillés, quand il l'a rattrapée. Son sens de l'humour. Son acceptation tranquille de ses petites manies.

Elle se dit que c'est ce trait en particulier qui l'attire. Il s'est plongé dans son univers sans la bousculer, sans remettre en question la fiction qu'elle a conscience d'utiliser comme une béquille.

Loin d'être un être imaginaire qui ressemble à Carlo, il est là !

Il est là, avec elle !

Il est ici, mais il s'en va demain, ce soir, dans une heure !

Au lieu de transformer son cœur en plomb, cette réalité lui donne envie de s'accrocher de toutes ses forces à cette histoire en devenir, de l'écrire de ses propres mains.

Elle se tourne vers lui et soutient son regard. Ouvrant la bouche pour inspirer profondément, elle ne sait plus quoi dire. Ils passent un long moment à se contempler.

— Qu'est-ce qu'on fait ? demande-t-il soudain.

Sa question fait naître des échos dans le silence et dans le cœur de Cendre.
— À quel p-propos ?
— J'ai ma chambre d'hôtel jusqu'à lundi matin. Après, je prends le train pour Paris puis l'avion directement jusque chez moi. On a prévu de faire *Boxing Day* et le Nouvel An en famille.
— Ah… fait Cendre. J'espère que tu auras beau temps.
Elle ressent immédiatement l'envie de s'autogifler. Heureusement, il sourit, faisant apparaître une fossette.
— J'ai accumulé plein de jours de congé, poursuit-il sans détourner les yeux de son visage comme s'il scrutait ses micro-expressions, et j'ai la possibilité d'effectuer pas mal de tâches en télétravail. Si tu veux, je peux m'arranger pour revenir une semaine ou deux en janvier.
Ce n'est pas vraiment une question, mais une affirmation, une proposition, une ouverture sincère et désirée.
— Oh, j'aimerais beaucoup, s'entend-elle répondre.
— Vraiment ?
D'un geste machinal, il se tourne pour saisir ses mains qu'elle lui abandonne volontiers. Les découvrant toutes petites dans ses immenses paluches, il la lâche brusquement en s'excusant.
— Pardon, je n'ai pas… j'ai pas réfléchi.
Cendre repense à toutes les aventures imaginaires qui l'ont amenée à cet instant précis. Aux rondes au sommet des murailles, aux chevauchées folles sur les landes, aux falaises battues par les embruns, aux cuisses incroyablement musclées de Carlo et aux héroïnes aux corsages déchirés.
Elle baisse les yeux vers les mains que Liam tient toujours devant lui, paumes en l'air, redevenues vides,

n'attendant qu'un geste de sa part.

Tournant la page sur la fiction, elle s'ancre définitivement dans le réel.

— Ce n'est pas grave. Ça ne me dérange absolument pas, sourit-elle en replaçant ses mains dans les siennes. Je me sentais un petit peu seule sur mon canapé.

Puis pendant un très long moment, leurs cœurs battent au rythme de la pluie qui crépite sur les carreaux.

Chapitre 25

Samedi 23 décembre, appartement de Cendre

Sous un ciel d'un bleu incertain, Granfleur s'éveille doucement. Pour une fois, la nuit de Liam a été tranquille. Pas de douleur fulgurante ni aucun éclat métallique d'une lame. Pas de sirènes hurlantes ni d'effluves d'éther.

En chaussettes, caleçon et tricot de peau, il est allongé sur le ventre dans un lit légèrement trop petit pour lui, la tête enfoncée dans un oreiller, le dos abrité par une épaisse couverture en fausse fourrure.

Se disant que cette monstruosité synthétique serait du goût de Cendre, il ouvre brusquement les paupières et reprend conscience de son environnement. À son côté, la jeune rousse endormie est vêtue d'un pyjama une pièce blanc et rouge orné de rennes.

Sa beauté délicate l'attendrit.

Il ne comprend toujours pas comment il s'est retrouvé là. Il ne s'attendait pas à ce que quelqu'un déboule dans sa vie tambour battant.

Le bras engourdi par des fourmis, il doit changer de position le plus vite possible, mais il a peur de creuser le matelas sous son poids et de la projeter dans le décor. Mieux vaut qu'elle ne découvre pas immédiatement l'étendue de sa balourdise.

Soudain, il sent la fourrure lui rentrer dans les narines et pousse un éternuement d'ours qui fait trembler les murs. Heureusement, Cendre n'émet qu'un petit grognement et se recroqueville davantage sous la couverture.

La fenêtre dont ils avaient négligé de tirer les rideaux laisse filtrer le soleil blanc de l'hiver. Dehors, quelques décorations de Noël dorées clignotent comme pour encourager les rares passants qui partent travailler le samedi matin.

Son regard court sur la pièce. Rien n'a changé depuis la veille, mais tout est devenu familier et amical, comme s'il rentrait chez lui après un long voyage en terre inconnue et hostile.

Sur la table de nuit du côté de Cendre, il aperçoit l'un des milliers de romans qui pullulent dans l'appartement.

Il tend le bras par-dessus la silhouette endormie pour s'en emparer et regarder la couverture. Court vêtu et s'étirant dans une position improbable qui met en valeur sa vingtaine de muscles abdominaux, Carlo arbore un kilt coloré.

Le marque-page qui dépasse de la tranche est quasiment au dernier chapitre.

Emporté par la curiosité, il ouvre le livre et entame sa lecture.

***

— Cendre, tu te dépêches ?

La frange en désordre, la jeune femme passe une tête affolée dans l'encadrement de la porte de la chambre. Amusé, Liam songe malgré lui aux personnages de la romance Fantasifemme qui ont laissé leurs chemins se séparer. Non, lui ne la laissera pas filer… enfin, si elle parvient à finir de se préparer avant la prochaine extinction de masse.

— Cendre, on va rater l'arrivée du train et ton amie restera en plan !

— C'est bon, fait-elle en se vissant un bonnet en laine sur la tête.

Les couleurs automnales font ressortir ses yeux et encore une fois, il est frappé par sa beauté celtique.
— Je prends juste mon sac.
— Tiens.
Devant son empressement désorganisé, il commence à comprendre pourquoi elle se présente au travail à la dernière minute tous les matins.
— À quelle heure débarque Sophie ?
— Son train arrive à onze heures.
— Et maintenant, il est… ?
Sans répondre, elle le pousse vers la porte d'entrée qu'elle claque derrière elle avant de la refermer à clé. Ils dévalent rapidement les marches et Liam ouvre la lourde porte de l'immeuble.
— C'est par là, non ? demande-t-il en tendant le bras à gauche.
— Oui, mais je connais un raccourci.
Il se laisse guider à travers un labyrinthe de ruelles pavées qui déboulent sur les échoppes enguirlandées d'un marché de Noël. La placette embaume la cannelle, le massepain et la viande grillée.
Des étincelles plein les yeux, Cendre lui adresse un large sourire.
— Je ne pensais vraiment pas que pour Noël, j'aurais un Highlander en cadeau ! s'exclame-t-elle en lui attrapant la main.
Confronté à leur reflet quand ils passent à la va-vite devant une vitrine, il admet que lui aussi a reçu un cadeau singulier. Il coule un regard amouraché à Cendre qui ne se rend pas compte qu'elle est à deux doigts de se prendre les pieds dans la laisse d'un chien. Tirant sur sa main, Liam écarte la jeune femme et tente de contenir un sourire en la voyant vexée par sa maladresse.

Quelques mètres plus loin, ils émergent de la vieille ville et se retrouvent face à la gare.

— C'est là que je suis arrivé il y a trois semaines... sans savoir que je te rencontrerais.

Ils n'ont pas le temps d'échanger un sourire. La grande horloge au-dessus de l'entrée affiche quasiment onze heures.

— Sophie va quand même t'attendre, non ? demande-t-il en courant sur le passage piéton.

Elle acquiesce puis pile net dès qu'ils pénètrent dans le bâtiment.

— Nous ne sommes pas seuls !

Surpris de voir ses sourcils danser comme ceux de Gérard, il suit son regard vers le kiosque à journaux et reconnaît Luca et Jérémy, flanqués de deux valises.

— Ils voyagent ensemble ? Je ne savais pas qu'ils se connaissaient déjà avant la formation !

Liam la regarde pour chercher confirmation, mais elle le dévisage d'une moue si incrédule qu'il se sent soudain particulièrement balourd.

— Ils ne se connaissaient pas, répond-elle lentement. Nous non plus, d'ailleurs.

Pendant une seconde, il n'imprime pas. Puis il voit Jérémy poser la main sur le dos de Luca et lui murmurer quelque chose à l'oreille. Ce geste exprime tant d'intimité qu'il percute enfin qu'il a raté un épisode.

Cendre les interpelle gentiment.

Jérémy écarquille les yeux en avisant Liam et donne un coup de coude à son compagnon. L'Italien se retourne nonchalamment vers le jeune couple et souffle « je te l'avais dit ».

— Vous venez chercher Sophie ? s'exclame Jérèm'. Elle arrive à onze heures, non ? Vous frôlez le retard.

— On file, l'interrompt Luca en regardant sa montre. Notre train pour Paris part dans quelques minutes. On va en vacances chez moi.

Il s'approche de Cendre et lui colle deux grosses bises sur les joues.

— À bientôt, *bella*. Prends soin de toi et continue de poster sur Instagram. Jérémy te donnera un petit quelque chose de ma part à son retour.

Liam aussi a droit à la bise, geste qui le prend par surprise et le force à plier les genoux.

— Quant à toi, comporte-toi bien avec Cendre. Elle est vraiment spéciale.

Plus besoin de cacher ce qu'il ressent. L'Italien prêche un convaincu.

— Joyeux Noël ! s'écrie Jérémy en s'emparant de sa valise. Tiens, c'est pas Sophie, là-bas ?

Liam les regarde s'éloigner en coup de vent. Ils ralentissent juste une seconde pour adresser de grands coucous à la gothique taille mannequin à la coiffure afro vertigineuse qu'il avait déjà vue sur l'Instagram de Cendre.

Ils sont tous complètement frappés !

Il se plaque une main sur la bouche pour ne pas attirer l'attention de Cendre, mais son éclat de rire involontaire résonne comme un beuglement. Alors qu'elle se retourne vers lui, les bras levés pour saluer son amie, elle chancelle. Liam la rattrape et voit instantanément un immense sourire illuminer le visage de Sophie.

La tête auréolée d'une masse de cheveux crépus, celle-ci est hissée sur des chaussures à plateforme couvertes de métal qui la font paraître plus grande qu'elle ne l'est déjà. Être obligée de se courber légèrement pour tirer sa valise ne lui ôte cependant pas sa grâce naturelle et plusieurs personnes se retournent sur son passage.

Lui aussi la contemple avec fascination. Elle dégage une

énergie lunaire et caverneuse qui captive, mais vous tient à distance. C'est un mélange de lumière rassurante et la promesse d'une plongée destructrice dans un labyrinthe dont le centre mouvant est destiné à rester introuvable à jamais.

Cendre court vers son amie. Elles se prennent dans les bras en bondissant sur place comme des ressorts.

Les couleurs automnales de l'une sont vivifiées par le rayonnement qui émane de l'autre.

— *Ash*, je suis tellement contente de te revoir !
— Moi aussi. Tu as fait bon voyage ?
— Super. J'ai passé la nuit à Paris dans une chambre d'hôtel avec vue sur les lumières de la ville et j'ai pu filmer des vidéos géniales pour le blog.

Elle s'interrompt afin de couler à Liam un regard défiant, mais dénué d'agressivité.

— Aurais-je raté un épisode ?

Légèrement perdue, Cendre prend une grande inspiration tremblante et écarte ses cheveux de son visage. Devant son mutisme, Liam s'avance pour tendre la main.

Il n'a pas plus tôt dit « bonjour » en roulant le r final que Sophie s'écrie :

— Ah, mon Dieu ! Tu parles vraiment avec un accent écossais ? Ce n'était pas juste pour la vidéo ?

Elle cherche confirmation auprès de Cendre qui secoue la tête avec enthousiasme.

— Tu es lequel, déjà ? Liam ou Callum ? *You know Cendre loves Scottish men?*
— Oui, j'avais remarqué, s'esclaffe-t-il.
— Non, c'est Liam ! De quoi tu parles ?

La voyant paniquer, il abrège ses souffrances.

— Elle parlait de Callum MacGregor. *Dans les bras d'un guerrier highlander*. Je me suis réveillé tôt, alors j'ai lu le dernier chapitre ce matin...

Les deux jeunes femmes le regardent en clignant des paupières à l'unisson.

— ... pendant que tu dormais, ajoute-t-il sans se rendre compte qu'il vient certainement de trahir le fait qu'il a passé la nuit à l'appartement de Cendre.

— Et comment ça s'est déroulé ? s'enquiert Sophie en haussant les sourcils.

— Quoi ?

Cendre et Liam ont répondu d'une même voix.

— Je veux dire dans le livre. Comment ça se termine ?

— Ah non, proteste Cendre qui fend l'air de la main. Ne me spoile pas.

— Euh, sans spoiler, Callum doit prendre la décision de rentrer dans sa ligne temporelle ou pas.

— Je parie qu'il repart, dit Sophie.

— Oh ! fait Cendre. C'est un peu triste, non ? Généralement, les deux protagonistes d'une romance historique finissent ensemble.

— Hé... il est déjà marié ! s'exclame Liam.

— Je vois que monsieur a bien profité du livre, le taquine Sophie.

— C'est pourtant vrai. Il est déjà marié, il appartient au passé. L'héroïne est libre de tenter le coup avec son ami d'enfance, et tout le monde a retenu sa leçon.

— Laquelle ? demande Cendre alors que Sophie reprend la poignée de sa valise et leur fait signe de se remettre en route.

— Qu'il faut donner sa chance à la vraie vie et arrêter de se projeter dans des romances de papier, poursuit-il. Même si elles boostent le tourisme vers mon cher pays.

Sophie affiche un sourire amusé.

— Liam, tu viens d'atomiser l'industrie de la romance.

On va devoir ranimer Cendre.
— Qu'est-ce que tu en penses ? demande-t-il à l'intéressée.
— Je suis d'accord. La vraie vie est infiniment meilleure.
— Alléluia, s'écrie Sophie alors qu'ils sortent de la gare, s'attirant les regards de plusieurs passants. Cendre a enfin intégré le monde réel.
Elle se protège les yeux avec la main pour vérifier l'heure à l'immense horloge murale.
— On prend un taxi ? C'est Noël. Liam, tu viens chez moi ? Je t'invite.
Voyant que Cendre hoche la tête, il acquiesce et suit Sophie vers la file de véhicules stationnés le long de la rue transversale. Sa valise oscille dangereusement quand elle négocie le virage, mais elle la rattrape sans cesser de parler.
Liam n'entend plus rien.
Il plonge son regard dans celui de Cendre, qui ne l'avait pas quitté des yeux.
Il se sent chez lui, enfin.

Tu veux découvrir ce qui s'est passé ce samedi-là (et rester avec les personnages jusqu'à l'été prochain) ? Poursuis l'aventure « Sauter le pas » avec *Labyrinthe*, le livre de Sophie.

Tourne la page pour lire le prologue dès maintenant.

Labyrinthe (Sauter le pas, tome 2)

Prologue

Vendredi 8 décembre, Vieux Lyon

Sous ses semelles compensées, le béton vibre au rythme lancinant des lignes de basse. Les bras levés, Sophie entrouvre les lèvres pour susurrer les paroles du morceau de dark électro qui fait remuer la foule.

Alors qu'elle s'abandonne à la musique, elle sent une main lui saisir le poignet. Dénués d'agressivité, les doigts lui paraissent longs et fins comme ceux d'un artiste.

Un pianiste ?

Un écrivain !

Elle ouvre brusquement les paupières, découvrant un visage familier.

Tout s'évapore autour d'eux.

— J'espérais te trouver ici, lui souffle Jérôme à l'oreille sans lui lâcher le bras.

— Tu es venu voir les *freaks* ?

— Je suis venu te voir. Tu ne cesses de m'esquiver.

Pour exprimer son pouvoir, elle libère son poignet et fait un pas en arrière.

Incertain, Jérôme s'immobilise comme s'il cherchait à l'apprivoiser.

— Je voulais juste passer un peu de temps avec toi.

— Je ne vois pas pourquoi.

— Ah non ?

Une barrière invisible s'élève entre eux et soudain, elle a du mal à respirer.

Le plafond voûté de la boîte *underground* pèse des

tonnes.
La gorge trop nouée pour parler, elle tourne les talons et bat en retraite vers les marches qui la mèneront à la sortie.
Au vestiaire, elle récupère son pull et son manteau qu'elle enfile à la va-vite. Au bas de l'escalier, Jérôme la dévisage d'un air inquiet.
Le videur lui ouvre la lourde porte métallique et l'air frais lui donne l'impression de revivre.
— Tu remontes à la surface ?
Encore oppressée, Sophie décoche un regard acéré à Jérôme qui s'est faufilé à l'extérieur en même temps qu'elle.
— On dirait que tu reprends ta respiration après être restée sous l'eau trop longtemps. Tu es claustrophobe ?
— Pas particulièrement, mais dans ce genre de soirées, ils y vont un peu fort avec les fumigènes.
— Je ne savais pas à quoi m'attendre, pour être honnête. C'est la première fois que je viens.
Sentant toujours des picotements dans les doigts, Sophie observe sa tenue. Sous son épais manteau brun, il porte un pull noir surmontant un jean de la même couleur. Sa ceinture en cuir est ornée d'une grande boucle métallique. Il a fait un effort.
— J'ai essayé de m'intégrer, dit-il d'un air penaud.
En dépit du bon sens, elle a beaucoup de mal à se détourner de ses prunelles noisette.
— Désolée, mais je file. Je travaille ce week-end.
Sur un hochement de tête, elle carre les épaules et se met en route pour sortir de la petite allée.
— Je peux te raccompagner jusqu'à ton arrêt de tram, propose-t-il.
Déboulant dans une des rues principales du Vieux Lyon, Sophie regarde autour d'elle. Elle repère plusieurs passants

et la vitrine d'un restaurant bondé. Au-dessus de leurs têtes, des guirlandes lumineuses s'entrecroisent.

Elle se retourne vers Jérôme et lui fait signe de la suivre d'un geste brusque du menton.

Il ne se le fait pas dire deux fois.

— Tu vas mettre un lumignon à ta fenêtre en rentrant ? demande-t-il au bout de quelques secondes.

— Pardon ?

Il tend un doigt effilé vers les bougies qui décorent le rebord des fenêtres. Quand ils s'engagent dans une rue un peu plus sombre, leur éclat vacillant évoque l'ambiance feutrée d'une cathédrale.

— C'est ma première fête des Lumières, avoue-t-elle. En première année de licence j'étais remontée voir mes parents et l'année dernière, je bossais.

— Tu viens de loin ?

L'éternelle question...

— Ma famille s'est installée en Normandie quand j'avais six ans et demi, dit-elle en accélérant le pas.

Quelque chose la gêne. Une intimité qu'elle trouve trop désirable. Elle ne voudrait pas céder à son attrait. Toutefois, les mains dans les poches de son manteau, Jérôme l'écoute avec attention.

— J'ai toujours vécu à Lyon, confie-t-il. J'ai la chance d'avoir un appart avec de grandes fenêtres. Je peux écrire à la lumière du soleil.

Se le représentant attablé devant ses feuillets, Sophie se rend brusquement compte qu'elle ne lui avait jamais accordé l'opportunité d'enchaîner plus de trois phrases en sa présence.

Elle a toujours érigé une muraille comme celle qu'elle essaye désespérément d'invoquer tandis qu'il se rapproche pour la frôler du coude.

Involontairement, elle ralentit et finit par s'immobiliser, tenue en joue par ces yeux noisette qui ne quittent pas les siens.

— Pourquoi me fuis-tu, Sophie ?
— Je... je suis occupée.
— Tu es occupée ?
— Je...
Sans violence, il lui caresse la nuque.
— Tu n'as pas besoin d'ériger des murs avec moi, Sophie.

Il s'avance pour l'embrasser et pour la première fois, elle fait aussi un pas vers lui à la lueur des cierges.